加藤実秋

桜田門のさくらちゃん

警視庁窓際捜査班

実業之日本社

実業之日本社文庫

目次

桜田門のさくらちゃん

警視庁窓際捜査班　主な登場人物

〈総務部業務管理課〉

秋津さん

さくらちゃんの先輩兼相棒。ちょっとアンニュイな年齢不詳の美魔女。言動が微妙に昭和・バブル臭い。

〈総務部業務管理課〉

久米川さくら

主人公。定時退社をモットーとする警察事務職員。ドジで腹黒……だけどそのひらめきで難事件を解決に導く!?

〈刑事部捜査第一課〉

元加治くん

さくらちゃんのもとへ事件を持ち込んでくるエリート刑事。童顔がコンプレックスで、常に三つ揃いを着用している。

〈総務部業務管理課〉

正丸さん

さくらちゃんの上司。小太りで色白美肌な「男おばさん」。妻・娘による手作りのアームカバーがトレードマーク。

本文デザイン／西村弘美
本文イラスト／ほんわ

第一話

帰って来た！さくらちゃん

1

警視庁、通称・桜田門《さくらだもん》。

その日の朝。十七階建て庁舎六階の会議室は、慌ただしい空気に包まれていた。

部屋の中央に長机がずらりと並び、テレビと新聞・雑誌の記者が席に着いている。後ろにはカメラマンが横一列に立ち、カメラのファインダーを覗《のぞ》いたり脚立にまたがったりして、撮影の準備中だ。七月の上旬だが外は三十度近い暑さなので、半袖のワイシャツ姿の人が多く、ノーネクタイも目に付く。

記者たちの向かいには十本ほどのマイクが載った長机と、椅子《いす》が一脚。後ろに立てられたインタビューボードは、白地を黒い線でマス目に区切ったもので、各マス目には「警視庁」の文字と、ピーポくんのイラストが交互に入っている。記者やカメラマンと話したり、書類を配ったりしているのは警視庁の職員たちで、金ボタンが並ぶ濃紺のジャケットに、スラックスまたは膝丈《ひざたけ》スカートの制服は警察官。それ以外の制服とスーツを着た男女は、警察事務職員だ。

ふいに、室内にファンファーレのようなトランペットの音色が流れた。続いてドラムとベースが、重たく細かなリズムを刻み始める。

「No 振り込み　Me 張り込み　You と Police の合言葉
No 振り込み　Me 張り込み　You と Police の愛言葉」

アップテンポのリズムに乗ってラップする、裏返り気味の若い男の声が響いた。何ごとかと、記者とカメラマンは天井のスピーカーを見上げた。しかし警視庁の職員たちは、平然と仕事をしている。

間奏を挟み、男のラップは続いた。

「One Day　息子から電話『Help me お金振り込んで』でも声が変
息子 Say『風邪《かぜ》引いた』You Say『何故《なぜ》引いた?』

ナイスリアクション!　思わずハクション!」

周りと顔を見合わせたり、職員になにか訊《たず》ねたりと記者たちの反応は様々だ。インタビューボードの脇には、満足げな笑みでラップを聴き、記者たちを見守る男が数名。歳《とし》と背格好はバラバラだが金ボタンの制服姿で、袖の部分には警部補以上の幹部であることを示す、金のラインが入っている。ノリノリで手拍子し、体を揺らしたりもしているが、微妙に音楽とズレていて、隣と肩がぶつかり転びそうになっている人もいた。

その光景を眺め、久米川《くめがわ》さくらはコメントした。

「『振り込み』に『張り込み』、『風邪引いた』に『何故引いた』、『リアクション』で『ハクション』……前から思ってたんですけど、ラップってダジャレ？」

カールがきつい天然パーマの長い髪を頭の両脇で束ね、小柄でぽっちゃりめの体を警察事務職員の制服で包んでいる。濃紺のジャケットに膝丈スカートは警察官と同じだが、ボタンは金ではなく、他の部分のデザインも微妙に違う。マイクが載った長机に、席札と資料を並べる作業中だ。

「ダジャレじゃなく、『ライム』ね。韻を踏むって意味で、アクセントは『ム』。カッコいい曲もたくさんあるけど、これはちょっとね」

隣で机に緑茶のペットボトルとグラスを置きながら返したのは、秋津《あきつ》。さくらの先輩だ。同じ制服を着て髪も長く、すらりとしたモデル体型だ。

「そもそも、効果あるんですかねえ。前にもＣＭで人気者になった柴犬《しばいぬ》をキャンペーンキャラクターにして、警察官の制服を着せてポスターを作ってましたけど」

「ええ。制服についてた階級章が警視正で、所轄署にいる友だちが『あの柴犬、十歳らしいですよ。俺なんか、三十過ぎても巡査部長なのに』って嘆いてたわ」

記者とインタビューボード脇の幹部たちを気にしながら、潜めた声でやり取りする。

スピーカーから流れるラップは、二番に進んでいた。

「あれ？　でも、小型犬は最初の二年で人間の二十代まで成長して、あとは一年で四歳ずつ年を取る、ってなにかで読みましたよ」

「じゃあ、十歳は人間でいうと五十代半ば？　なら警視正もありか」

「ですね。叩《たた》き上げのノンキャリア犬が、最後に意地を見せて昇進、って感じ？」

囁《ささや》き合っていると、後ろからスーツ姿の中年男が割り込んで来た。

「ちょっと。黙って聞いてりゃ、なに？『ノンキャリア犬』ってなによ」

さくらと秋津の上司、正丸《しょうまる》だ。インタビューボードの汚れを落とす作業中で、手に消しゴムを握っている。

「すみません」

「今日はマスコミ各社の他《ほか》に、警視庁《うち》のお偉いさんも大勢来てるんだから。ちゃんとして、ちゃんと」

恐縮するさくらを正丸が叱《しか》り飛ばした時、音楽が終わった。記者たちの前に、金ボタンの制服を着てマイクを構えた若い男が進み出る。

「ただ今お聴きいただきましたのは、警視庁振り込め詐欺防止キャンペーンソング『You と Police の Ai 言葉』です。後ほどCDを配布しますので、ぜひ番組や紙面でご紹介下さい……では準備が整いましたので、新たに警視庁捜査第一課課長に着任致しました、高麗崇《こまたかし》の記者会見を始めさせていただきます」

記者が姿勢を正し、カメラマンはファインダーを覗く。たちまち室内の空気が張り詰め、さくらと秋津、正丸は長机を離れ、幹部たちがいるのとは反対側のインタビューボード脇に移動した。後ろには他にも五、六人の事務職員が立っている。

壁際の通路を中年男が歩いて来て、長机に向かった。背が高く、地味だが仕立てのいいスーツを着ている。

「このたび警視庁捜査第一課課長に着任致しました、高麗です。よろしくお願い申し上げます」

並んだマイクの前に立ち、背筋を伸ばして一礼した。黒々とした七三分けの髪は若さを演出するためか、前髪にボリュームを持たせ、根元を少し立ち上がらせている。

記者たちも会釈をし、後ろでカメラのフラッシュが焚《た》かれた。

高麗が着席し、再びマイクを手にした若い男が進み出た。

「高麗の経歴などは、お手元の資料の通りです。今後の抱負などを申し上げてから、質疑応答に移ります」

若い男が下がり、高麗はジャケットのポケットから原稿らしき紙を取り出して開いた。緊張の面持ちで咳払《せきばら》いし、一呼吸置いてから話しだした。その姿をぼんやり眺め、さくらはコメントした。

「こういう記者会見って、どんなにシリアスな顔で小難しい話をしても、後ろのボードは笑顔で敬礼したり手を振ったりしてるピーポくんなんですよね。いまいちしまらないっていうか、間抜けっていうか」

その光景を想像し、つい笑ってしまう。正丸が眉《まゆ》をひそめた。

「し〜っ！　そういうこと言わないの」

さらになにか続けようとしてやめ、正丸は向かいの記者たちを見た。つられて、さくらも視線を前に動かす。

記者たちは、小さくざわついていた。視線は前方に向けられたままなのだが、目をこらしたり、身を乗り出したりしている。なぜか表情は、揃《そろ》って半笑いだ。

「どうしたんですかね」

首を傾《かし》げ、さくらは高麗に視線を移した。なにも気づいていない様子で、原稿と記者たちを交互に見ながら話し続けている。声の調子や顔、身につけているものにとくにおかしな点はない。では長机の上か、と眺めたが、並んでいるのはマイクと席札、資料、緑茶のペットボトル、グラスだけだ。

「やだ。あの席札」

後ろで女の声がした。事務職員の誰かだろう。さくらは席札を見た。

透明のプラスチック製で、逆V字形。中には、ワープロで高麗の肩書きと氏名を記した紙が入っている。これまでも記者会見や会議で度々使われている、ごくありふれたものだ。

また女が言う。

「名前がおかしくない？　山冠《やまかんむり》に『宗《そう》』のはずが、『出《でる》』の下に『示《しめす》』になってるの。あれじゃ『高麗崇《たかし》』じゃなく」

「『祟《たたり》』だよ！　まずいじゃないか。誰が書いたんだ！」

別の誰かが声を上げ、バタバタと走り去った。やり取りが聞こえたのか前列に座った記者が噴き出し、数名のカメラマンがマイクが並ぶ机に駆け寄って、レンズを席札に向けてシャッターを切った。驚いて、高麗が話をやめる。

事務職員たちの会話は続いた。

「席札とか細々したものを準備したのって、確か業務管理課だろ？」

「そう。正丸さんのところ……ですよね？」

尖《とが》った声で問いかけられ、正丸はびくりと後ろを振り向いた。

「は、はい。でも、名前をワープロで打ったのは僕じゃなくて」

おろおろと返し、隠れるように秋津の背後に廻《まわ》った。事務職員たちに視線を向けられた秋津だったが動じる様子はなく、気だるげに前髪を掻《か》き上げて隣のさくらを見た。訳がわからず、さくらはぽかんと見返すだけ。しかし全身に事務職員と記者たちの視線を感じるうち、昨日の正丸とのやり取りを思い出した。

「……すみません。私がやりました」

呆然《ぼうぜん》と告げる。体が勝手に動き、軽く握った両拳《こぶし》を前に突き出すという「お縄《なわ》を頂《ちょう》戴《だい》」ポーズを取ってしまう。記者たちがどっ、と笑い、カメラマンがシャッターを切る。フラッシュが重なり合って瞬き、さくらの視界は真っ白になった。

2

「本当に申し訳ありませんでした！」

深々と頭を下げるさくらの前でエレベーターのドアが閉まり、視界からスラックスの脚と黒い革靴が消えた。カゴが上昇を始めたのを確認して体を起こすと、軽い目眩《めまい》を覚えた。ずっとぺこぺこし通しだったので、頭に血が上ってしまったのかもしれない。

「あ〜、お腹《なか》が空《す》いた」

ため息交じりに言って廊下を歩きだしたさくらを、向かいから来た若い女が訝《いぶか》しげに眺めていく。

あのあと職員の誰かが席札を引っ込めると同時に、広報課の課長が「就任記者会見で『祟』では、縁起が悪すぎるので」と笑いも取りつつ記者たちに頼み、名前の打ち間違いについては報道されないことになった。しかしさくらは捜査一課がある庁舎六階の小さな会議室に連れて行かれ、刑事部長、広報課長、さらに高麗も加わり、こっぴどく叱られた。気がつけば午後一時過ぎ。お腹も空く訳だ。

　いくつか角を曲がり、奥へと進むうちに廊下は次第に薄暗くなり、すれ違う人も減っていった。やがて突き当たりが近づき、手前にドアが一つ。脇の壁には、「総務部業務管理課」のプレートが掲げられている。

「ただいま戻りました〜」

　ドアを開け、さくらは部屋に入った。

「おかえり」

　まず秋津が応えた。広いスペースの手前に置かれたスチールの机に着き、パソコンのキーボードを叩《たた》いている。

「お疲れ〜……じゃなくて、久米川さ〜ん！　勘弁してよ、もう。昨日ちゃんと『席札の準備をよろしく。肩書きと名前は、絶対に間違えないでね』って言ったでしょ」

　続いて正丸が声を上げた。秋津とさくらの横顔を見る形で置かれた、一回り大きな机に着いている。スチールの椅子を引いて秋津の向かいの席に座り、さくらは返した。

「すみません。でも、渡された資料がすごく読みづらかったんですよ。課長と秋津さんは出かけちゃってたし。で、ネットの辞書を見たらそれっぽい字があったから、『これでいいか』って」

「よくないでしょ。『祟』と『崇』、字は似てるけど意味は大違いだから」

「反省してるし、六階からここに戻るエレベーターの中でまで、がっつり絞られたので許して下さい。それに、今回課長は叱られなかったんでしょ？」

「なに言ってんの。総務部長に呼び出されて、しっかりカミナリを落とされたよ。ほら、総務部長って、なぜか新しい捜査一課長をライバル視してるじゃない？『恥をかかされた』ってなもんで、すごい剣幕」

　小柄で小太り。歳は五十を過ぎているが、色白でシワシミ一つない美肌で、肉付きのいい頬《ほお》には、うっすら天然のチークが入っている。クセがきつくボリュームのある髪も併せると、「おじさん」よりも「おばさん」に近い雰囲気で、「なに言ってんの」や「ほら」を言う時に叩くように手のひらを上下に振るクセなど、そのものだ。

「総務部長と捜査一課長。どちらの奥さんも昔はアイドル志望で、同じテレビ番組のオーディションコーナーに出場。最終審査に残るものの、揃って落選の過去あり」

　遠くを見るような目をしながら、秋津が早口で解説する。艶《つや》やかな茶髪ロングの巻き髪に、隙《すき》のないメイク。年齢不詳のいわゆる「美魔女」なのだが、なぜか常に物憂げで首を約十度傾けている。

「あらら。じゃあ、いまだに張り合ってて旦那にも影響してる、ってこと？」

小さな目を見開き、正丸が問う。スーツのジャケットを脱いで白ワイシャツにネクタイ姿。腕には彼のトレードマークである、妻の手作りのアームカバーをはめている。娘の服かバッグを作った余り布らしく、淡いピンクの生地に、顔も耳も丸く横長で生《なま》餃子《ギョーザ》を彷彿《ほうふつ》とさせるデザインのウサギのキャラクターがプリントされている。前にも似たようなテイストのものを使っていたが、柄は同じファンシーグッズメーカーのネコに似たキャラクターだったので、娘の趣味が変わったのだろう。

こくりと頷《うなず》き、秋津は、

「でも、二人は覚えていないでしょうね。落選メンバーに私もいたことを。『夕やけニャンニャン』の『アイドルを探せ』……こういうのも、『ヤンチャしてた』って言うのかしら」

と続け、ふっ、と笑った。

「その番組、聞いたことあります。私が生まれるちょっと前に放送してたんですよね。

アイドル志望ってことは、総務部長たちの奥さんと秋津さんはいくつ――」

「捜査一課と言えば、久米川。後悔してない？」

勢いに乗り、なぜかタブー視されている「秋津の実年齢」に迫ろうとした刹那《せつな》、話題をそらされた。

「後悔？　なんの？」

「もちろん、フランス行きよ。せっかく元加治《もとかじ》くんが誘ってくれて、一度は決心して辞表まで書きだしたのに、一週間もしないうちに『やっぱりやめます』。しかもその理由が」

「『フランスの道路って、イヌの糞《ふん》だらけらしくて～。あり得な～い』……ひどいよね。あの盛り上がりはなんだったの？　しかもただの噂《うわさ》で、実際はどうかもわからないのに」

顔をしかめ、正丸が捲《まく》し立てる。冒頭の台詞《せりふ》は、さくらの物まねのつもりらしい。

元加治とは、さくらと同期入庁の警察官だ。捜査一課の刑事だったが、インターポールでの研修を命じられ、三ヶ月ほど前にフランスのリヨンに旅立った。

「ひど～い。私、そんなアホっぽい喋《しゃべ》り方してます？　それに、糞は本当にダメなんです。前に話したでしょう？　小学校の修学旅行で佐渡島《さどがしま》に行った時に、放牧されていた牛の糞を踏んじゃったんです。感触とか臭《にお》いとか、すごく強烈で」

「ちょっと、やめてよ。昼ご飯を食べたばっかりなんだから」

さらに顔をしかめ、正丸は机の脇に積み上げられた書類をぱしん、と叩いた。同じ書類は秋津とさくらの机にも積まれているので、席札の失敗のペナルティとして、書類整理かデータ入力を命じられたのだろう。昼ご飯抜きで作業しても、定時の午後五時までに終わらないのは確実だ。

暗い気持ちになり、さくらは席を立って壁際の棚に歩み寄った。せめてお菓子でもつまもうと、引き出しを開けて中を探る。棚の隣にはデジタル複合機が置かれ、奥には大量の段ボール箱と古い机、壊れた椅子、埃《ほこり》まみれのピーポくんのぬいぐるみ等々が積み上げられている。薄暗くて埃っぽく、かすかにカビの臭いも漂う。庁舎十階にある倉庫のようなこの部屋が、さくらの職場だ。当然ながら窓際部署で、仕事は雑用ばかり。他部署で人出が足りなくなったり、誰もやりたがらない仕事ができると呼び出される。

ノックの音がして、ドアが開いた。

「こんにちはぁ」

部屋に入って来たのは、若い男。細身のダークスーツに青と白の縦縞《たてじま》のワイシャツ、明るい色遣いのネクタイ、とやや派手だが、背が高く手脚も長いので上手《うま》く着こなしている。

「ああ、田無《たなし》さん。いらっしゃい」

応えた正丸に会釈し、田無はさくらに歩み寄った。

「記者会見の話、聞きました。大変でしたねぇ」

「また失敗しちゃった。何度も見直しして印刷も注意したんだけど、字が間違ってたら意味がないわよね」

丸い顎《あご》を上げてあはは、と笑うさくらを正丸が非難がましい目で見る。一方田無は首を横に振り、細く長い眉を寄せた。

「いえ。久米川さんはそれでいい、っていうか、そうじゃなきゃダメです。あとはウケたんだし、怒るほどのことかなぁ、って……これ、よければどうぞ」

そう言って、さくらに白いレジ袋を手渡す。中を覗くと、使い捨ての弁当の容器とスプーン、フィルムで包装された小さな大福が見えた。

「いいの!? ありがとう！ お昼ご飯まだなの」

「よかったぁ。そうじゃないかと思って」

レジ袋を抱えるさくらを、田無は嬉《うれ》しそうに眺めた。長い顔にまっすぐで長い鼻。細い目は笑うとカマボコのような形になって、見ていると和《なご》む。

「しかもこれ、グリーンカレーじゃない。イチゴ大福まで入ってる。どっちも食べたいって思ってたの」

「僕、ストレスが溜《た》まるとスパイシーなものが食べたくなるんですよぅ。で、シメにはあんこ系の和菓子」

「そうそう、そうなの。田無くん、わかってる。すごい！」

「はいはい。どうもどうも」

脇から正丸が「ストレスねえ。大食いの口実を探してるだけ、って気もするけど」と突っ込んだが、手を取り合ってはしゃぐさくらたちの耳には入らない。

田無は元加治の後任として配属された刑事だ。東大出のエリートで実家も名門という噂で物腰や着こなしなどもそれ風だが、人柄はおっとりしていて気さくだ。

「捜査一課は、奥多摩《おくたま》の事件で大変って聞いたけど」

手にしたボールペンの尻で軽くこめかみを押しながら、秋津がクールに会話に加わった。

「ええ。朝からずっと聞き込みで、これから捜査会議。だから久米川さんの顔を見に来ました。ホント、癒やされるっていうか僕のオアシスなんですよぅ」

「またまた～」

嬉しさと恥ずかしさがこみ上げ、さくらは田無の背中を叩いた。力を入れすぎたらしく、よろめいた田無をさくらが支えていると秋津は続けた。

「じゃあ、当分デートはお預けで彼女も寂しいわね。聖《セント》エルモス女子大の四年生なんでしょう」

「えっ⁉」

田無と、同時にさくらも声を上げてしまう。

「なんでそれを」

「なんでか、ね？」

近づいて来た田無に、秋津が深紅の口紅が引かれた唇の端を上げ、意味深な笑みを返す。

「東京都目黒《めぐろ》区出身。父親が重役を務める大手商社に就職が内定。趣味はショッピングとネイルアート、ゲームも少々。なお氏名は、プライバシー保護のため伏せる」

「うわぁ、すごい。むしろ、怖っ!」

「田無くん、彼女いるんだ」

呆然と訊ねたさくらに、田無は振り向いて頷《うなず》いた。

「ええ。でも『元カノ』になる日も近いかも。最近様子が変で、一緒にいてもスマホばっかり弄《いじ》ってて。『大学の友だちから電話』って席を外したのに、漏れ聞こえてくるのは若い男の声だったり。先週末なんて『おばあちゃまのお見舞い』ってデートをキャンセルして、熱海《あたみ》に旅行に行ってたんですよぅ」

首を突き出し眉を寄せて訴えられたが、「はあ」としか返せない。

それからすぐに、田無は業務管理課を出て行った。ドアの前で見送ったさくらは、背中に机の二人の視線を感じた。

「でもまあ、よかったんじゃない? いい人だけど、いまいちなにを考えているかわからないんだよね。話す時、語尾にちっちゃい『あ』とか『う』が付くのもいただけないし。でしょ、秋津さん」

先に口を開いたのは正丸だ。励ましているつもりか、ハイテンションな早口。頷く気配があり、秋津も言った。

「まあね。久米川、元加治くんに電話かメールをしたら？　フランスに行って以来、音信不通なんでしょ。恋の傷は、別の恋で癒やせるとは限らない……ぶりかえすわ。鈍い痛みが」

「ていうか」

それだけ返して黙り、さくらは壁際の冷蔵庫に歩み寄った。扉を開けてジャスミンティーのペットボトルを取り、自分の席に戻る。レジ袋からグリーンカレーの容器を取り出して蓋《ふた》を開けた。

田無とは彼が捜査一課にやって来た直後、廊下で迷子になっているのを助けたのがきっかけで話すようになった。庁舎内で会うと嬉しそうに駆け寄って来るし、ヒマさえあれば業務管理課に顔を出す。職員たちの間では、「異色カップル誕生か」「いや。アヒルの雛《ひな》が生まれて最初に見たものを親と思い込み、ひたすら追いかけるのと同じだ」等々、噂されているらしい。

本当のところはさくらにもわからないし、元加治のことが気にならない訳ではない。

でも田無といると楽しく、これまでにないときめきを覚える。物心ついた時から、叱られたり突っ込まれたりはしょっちゅうだが、慕われたり頼られたりは初めてで、新鮮なのかもしれない。田無がおいしいものに目がなく食の好みが近いのも、かなりの高ポイントだ。しかし、彼女がいたとは。経歴などを考えれば当然だが、わかりやすいイケメンではないし、油断していた。

ぐるぐると考え、グリーンカレーを食べジャスミンティーを飲んでいるうちに、ふと閃《ひらめ》いた。首を突き出し、パソコンの液晶ディスプレイの脇から向かいを覗く。

「秋津さん。さっき言ってた、田無くんの彼女。名前とか、知ってることを全部教えて下さい」

「いいけど、どうするの？」

「『様子が変』って言ってたでしょう。ウソをついて旅行とか、たぶん浮気ですよ。証拠をつかんで、別れさせてやる」

言ったそばから、いしし、と笑いが漏れる。秋津は目を伏せてため息をつき、正丸は、

「普通そういうこと考える？　腹黒にも程があるよ」

と呆《あき》れた。しかしさくらは気にせずペンとメモを用意し、パソコンのスイッチを入れた。

3

秋津によると田無の彼女は中村橋夏希《なかむらばしなつき》といい、高級住宅街の豪邸で生まれ育ち、名門女子大に通うお嬢様のようだ。名前でネット検索をかけてみたが、ヒットしたのは大学のゼミの研究レポートと、所属する聖歌隊サークルの発表会や合宿のスナップ写真だけだった。

「まだわかりませんよ。学校裏サイトって、大学のもあるんでしょ？　どうやって探せばいいんだろう」

鼻息も荒く呟《つぶや》き、さくらはマウスを動かして画面を検索エンジンに戻した。

スナップ写真の夏希は小動物系のチャーミングな顔立ちで、自分とは正反対の細身、髪もサラサラのストレートだ。どの写真も、はにかんだような上目遣いで写り、脚は内股《うちまた》。結構なO脚だが棒のように細いので、はかなげで愛らしい印象を強めるのに成功している。見ているうちに対抗心が湧《わ》き、是が非でも証拠をつかんでやろうという気になった。

「なに言ってんの。田無さんを振り向かせたいなら、他にやることがあるでしょ」

正丸が呆れる。書類を捲《めく》りキーボードを叩く手をとめ、湯飲みのお茶を飲んでいる。傍らには歌舞伎揚《かぶきあげ》の袋。三時のおやつタイムまでは一時間ほどあるが既に開封され、中身は半分ほど減っていた。

口を尖らせ、さくらは自分の机の書類を見た。

「『仕事』って言いたいんでしょ。わかってますよ、あと十分だけ」

「それもそうだけど——ほい」

正丸が言い、さくらの眼前に茶封筒が差し出された。

「なんですか、これ」

「奥多摩の事件の資料。ほら、さっき田無さんと秋津さんが話してたでしょ。うちも資料作りを手伝ったから、保存用に一部もらっておいたの。得意の推理で解決してあげなよ。田無さん、きっと感激して心変わりするよ」

「ニュー相方《あいかた》誕生ってわけ？　……まあ、世の中のためになるならね」

物憂げに、秋津が呟く。こちらも一休みで、マグカップのコーヒーを持っている。

「そんな、無理ですよ。それに相方って、お笑い芸人じゃないんですから」

困惑しながらも「その手があったか」と思い、さくらは受け取って茶封筒を開いた。

「失敗しても叱られても、定時に帰れればいい」がモットーで、仕事にはやる気ゼロのさくらだが、昨年ひょんなことから捜査一課が抱えていた殺人事件の資料を読み、仕掛けられたトリックに気づいた。元加治に伝えて調べてもらったところ、事件は見事解決。以後、なぜかさくらの元には事件が持ち込まれ、面倒臭いので表向きは「元加治の推理」ということにして謎解きをした。結果、本人の意図とは別に元加治は敏腕刑事として注目され、あれやこれやの末にインターポールでの研修を命じられた。

茶封筒の中身は、ホチキスで綴《と》じられた五、六枚の書類とデータディスクだった。まず、書類を読む。

二週間ほど前。東京・奥多摩地区の住民から、「近所の雑木林に散歩に行ったら、連れていた犬が騒いだ。見ると、茂みの中に男の人が倒れていた」と通報があった。所轄署の警察官が駆けつけ男性の遺体を発見、持ち物から江東《こうとう》区のタクシードライバー、新狭山亭《しんさやまとおる》さん・四十三歳と判明した。さらに検視で、死因はロープのようなもので首を絞められたことによる窒息、死亡推定時刻は三日前の午後七時から十時の間とわかり、靴に現場の土がついていなかったことから、別の場所で殺害され運ばれた、として捜査が開始された。

新狭山さんは独身で身よりもなく、職を転々としていた。タクシー会社で働き始めたのは二ヶ月前だが、勤務態度は良好なものの寡黙で、同僚が飲みに誘っても来なかったという。一方で知人の男に「新しい事業を立ち上げるから、金を貸して欲しい」と頼まれ、全財産の二百万円を渡していた。しかし半年ほど経《た》っても金は戻らず、新狭山さんは度々催促したが、知人の男はのらりくらりと逃げ続けた。焦った新狭山さんは殺害されたと思《おぼ》しき日の午後、偶然会った別の知人に「今夜、相手の会社に行って話をつける」と告げたという。

そこで所轄署は「『金を返せ』と迫られ、新狭山さんを殺したのでは?」と、知人の男こと東京・千代田《ちよだ》区の不動産会社社長・東長崎丈英《ひがしながさきたけひで》、五十六歳を容疑者と断定、取り調べを始めた。しかし東長崎は、「金を渡した事業の関係業者が行方不明で、返したくても返せない。事件が起きたという日の夜は、一人で残業しながら新狭山さんを待っていたが現れなかった」と話し、犯行を否認している。

「『現れなかった』って言っても証明してくれる人はいないし、犯人は東長崎って社長で決まりじゃないですか」

二ページほど読み、さくらは資料から顔を上げた。舌を鳴らしながら立てた人差し指を左右に振る、というベタなポーズを取り、正丸が返した。

「と、思うでしょ？　ところが、そうは問屋がなんとか、なのよ。鑑識が東長崎の会社を調べたら、本人と社員、取引先の人の指紋は見つかったけど、新狭山さんのは見つからなかったんだって。だよね、秋津さん」

「ええ。東長崎は、『自分や社員の指紋を残して、新狭山さんのものだけ拭《ふ》き取るのは不可能。彼が会社に来なかった証拠だ』ってうそぶいてるそうよ。だから捜査一課も加わって自供か別の証拠を、ってがんばってるけど難航してるみたい」

「ははあ。つまり動機があってアリバイはなしで、犯人は限りなく東長崎。でも逮捕する証拠はない、ってことですね。そりゃ大変だ」

話をまとめ、資料のページを捲ると二人の中年男の顔写真があった。顔立ちは整っているが、細面で線が細い感じが新狭山さん。日焼けして固太り、雑なつくりの目鼻立ちは東長崎だ。草食動物と肉食動物といった風情で、ある意味わかりやすい。

さらにページを捲ろうとしたさくらだったが、書類の端にさっき食べたイチゴ大福のあんこのシミが付いているのに気づき、慌てて閉じた。代わりにデータディスクを出し、パソコンにセットする。きゅるきゅるという起動音とともに、画面にファイルのアイコンが現れた。マウスを手にアイコンをクリックし、ファイルを開く。

表示されたのは、三十枚ほどの写真のサムネイル。上に並ぶ、土や草が写り込んでいるものは、たぶん新狭山さんの遺体だ。この暑さでは、かなり腐敗も進んでいたはず。見る気にはなれず、合掌礼拝だけ丁寧にして、下に並ぶ別の写真を開いた。

畳の床に砂壁の古い和室で、小さなテーブルと棚、テレビが置かれている。新狭山さんの自宅アパートだろう。部屋は狭く家具もわずかだが別のカットを見ると、棚の中の食器はきちんと重ねてしまわれ、押し入れの中の布団や衣装ケースの中の衣類も、几帳面《きちょうめん》に折りたたまれていた。台所やトイレ、風呂場もピカピカで、友だちに「この散らかりぶりは悪霊の仕業？　ポルターガイスト現象？」と評された、さくらのアパートとは大違いだ。

「すごいなあ。でもちょっと几帳面すぎるっていうか、少しぐらい散らかってた方がリラックスできたりするのよね」

写真を眺め、自分のことは棚に上げてコメントする。

窓際のカットには、カーテンレールに掛けた洗濯物用のピンチハンガーが写っていて、シワを伸ばしたタオルやハンカチ、靴下、トランクスなどが干されていた。隣にはもう一つ、やや小ぶりなピンチハンガーがあり、白い布手袋がぎっしり並んでいる。よくタクシーやハイヤーのドライバーが、はめているものだ。

数の多さに驚いたが、まめに交換して洗っていたのだろう。真面目《まじめ》に働いてたって話だし、ドライバーの仕事にやり甲斐《がい》を感じていたのかも。そう思うと胸が痛み、さくらは東長崎に怒りを覚えた。だが、アパートの外観や遺体の所持品など他の写真を見て資料を読み直しても、手がかりになりそうなものはなかった。

一時間ほどして、さくらはマウスを手放し、あくびと伸びを同時にした。

「えっ。もう諦めちゃうの？」

正丸が訊ねた。三時になったので改めてお茶を淹《い》れ、棚から缶に入ったクッキーも出して秋津と口に運んでいる。

「だって、なにも見つからないし。東長崎の言う通りですよ。証拠がないんじゃ、お手上げ」

そう答え、さくらは正丸の机に資料とデータディスクが入った茶封筒を戻した。ついでに、クッキーと歌舞伎揚を何枚かもらう。

「なんでよ。悔しくない？　詐欺の前科もあったりして、東長崎ってひどい奴《やつ》なんだよ」

「会社の写真を見たら？　指紋を一人分だけ消す方法があるのかも」

秋津にも説得されたが、さくらはパソコンの画面を検索エンジンに戻した。

「無理無理。浮気調査に戻ります……中村橋さんみたいに明るい日なたで育った人の方が、影は深くてどす黒かったりするんですよね」

どぅふふ、と笑い、改めて右手でマウスを握り、左手をキーボードに置く。

「熱海って言ってたけど、浮気旅行なら山奥とか、もっと目立たない場所を選ばない？　夏休みが近いから人も多いし、知り合いと鉢合わせする可能性もあるのに」

ぶつぶつ呟くと、アイデアが浮かんだ。熱海市の観光サイトを検索し、表示させる。

正丸と秋津はひそひそと、どうやらさくらの悪口を言っているようだが、気にせずサイトを眺める。

上は熱海の海と海岸に並ぶホテルや旅館の写真で、下に「ライブカメラ」「アクセス」「泊まる・食べる・買う」等記された枠がある。中から「イベント」の枠を選び、クリックした。

画面が切り替わり、写真が添えられた記事が並んだ。海開きや野外ライブ、季節がら花火大会も多い。「イベント報告」という枠を見つけ、開いてみる。

一番上の日付は先週末で、新作干物の試食会や和太鼓の演奏会等が行われたようだ。目に付いたのは、花火大会の写真。夜空に開いた大玉の花火は見事で、それを見上げる人たちも楽しげだ。しかし、なにかおかしい。写真の女性はみんな若く、浴衣《ゆかた》やサマードレスなどでオシャレしているのに、男性が一人もいない。合コンイベントで、別の場所にいるのかと目をこらしたが、見当たらなかった。脇の記事には、「ホテルシエ・パラディ及び施設前の海岸で『第一回ハーレム騎士《ナイト》花火之夜会《はなびのやかい》』が行われ、大いに盛り上がりました」とだけある。プライバシー保護のためのぼかしが入っていて顔はわからないが、女性たちは全員手にスマホやタブレット端末を持っている。

「どういうこと？」

引っかかるものを覚え、さくらは画面を検索エンジンに変えた。検索ボックスに「ハーレム騎士」と打ち込んでEnterキーを叩く。検索結果が表示されたので、一番上の「公式サイト」をクリックした。

「ハーレム騎士」と、画面上にショッキングピンクの枠の中に丸く大きな文字で描かれたロゴが現れ、下に「乙女系恋愛シミュレーションゲーム　いまだかつてないトキメキを貴女《あなた》に♥」の文字が並んだ。傍らには、カラフルな髪と様々な服装の五、六人の若い男のCGイラストが表示され、みんな鼻筋が通り目も大きいが、顎が異様に細く顔の幅も狭い。なにかに似ていると思ったら、「グレイ」と呼ばれる宇宙人だ。

「ああ、これね」

耳元で声がして、ジャコウ系の香水のかおりが漂った。ぎょっとして振り向くと、秋津。いつの間に移動したのか、さくらの肩越しに首を突き出してパソコンの画面を見ている。反対側の肩の後ろには正丸もいて、同じように首を突き出しながらクッキーをかじり、ぼろぼろと落ちる粉を手に持った缶で受けている。

「知ってるんですか」

さくらの問いに、秋津は無表情に頷いた。

「『恋愛』と名の付くものはひと通り、ね……女性向けのオンラインゲームよ。アプリをダウンロードして、好きな騎士、つまり男の子のキャラを選ぶの。メッセージボックスに文字を打ち込むと、キャラが人気声優の声《ボイス》で応えてくれる。みんな個性豊かで魅力的だし、ゲーム内の時間設定はリアルと同じだから、『ランチなに食べる？』とか『そろそろ寝ようか』とか、会話のタイミングもバッチグーで本物の彼氏みたい。基本プレイは無料だけど、お金を払えばキャラに服とかアクセサリーをプレゼントできるから、着せ替え人形的な楽しみもあるわ」

「はあ」

話の内容より、昭和臭漂う「バッチグー」が気になる。と、「ちょっと貸して」と正丸がマウスをつかみ、ポインターをロゴ脇の「デモ映像はこちら」の吹き出しに乗せてクリックした。

ぱっ、とスマホの画面を模したと思《おぼ》しき縦長の枠が現れた。中には騎士のキャラが一人いて、下に「速見《はやみ》來斗《らいと》」の名札がある。パーカにジーンズ姿で、童顔。毛先を遊ばせた短い髪は、鮮やかな青だ。

「おチビちゃん。笑った顔の方が、かわいいよ」

パソコンのスピーカーから明るくよく通る声が流れ、來斗はウィンクとともに首を傾《かし》げた。画面は横に移動し、今度は深い紫のロン毛に、ホストのようなスーツを着たキャラが登場した。ずい、と身を乗り出し、大きな目でこちらを見つめる。名札は「氷室諒《ひむろりょう》」。

「好きになっても、いいか？」

來斗とは打って変わり、低く太い声が流れる。画面を眺め、さくらは言った。

「最近のゲームやアニメのキャラって、当たり前みたいに髪が青とか紫とかピンクなんですけど、いいんですかね。バンドマンか宇宙人なの？　って思ったけど、違うみたいだし。あと、頭のてっぺん近くの髪が、一房《ひとふさ》びょ〜んと立ってるのも気になる。『ゲゲゲの鬼太郎』の妖怪《ようかい》アンテナ？　みたいな」

「そんなことを言いたくて、サイトを開いたの？」

「違いますよ。花火大会の写真が気になって」

呆れ顔の正丸に返した時、さっき聞いた田無の言葉を思い出した。

「もしかして」

頭の中で回路がつながった気がして、デモ映像を閉じてトップページに戻った。右端に「NEWS!」という見出しがあり、下の吹き出しに「不具合のお知らせ」「ゲームショーに出展」等々書かれている。その中に、「花火之夜会in熱海!!」の一文を見つけ、迷わずクリックした。

画面に大きめの正方形の枠が現れ、横書きの文字とたくさんの写真が並んだ。さくらは画面に顔を寄せ、食い入るように文字を読んだ。後ろの二人も身を乗り出す。

先週末。プレイヤーと騎士の「カップル」で参加できる花火大会が、熱海のホテルを貸し切りで開催されたらしい。当日は日本中から百組近いカップルが集まり、騎士のスペシャルボイスの配信や限定グッズの販売などが行われ、フィナーレにはそれぞれのカップルが花火を楽しんだ、そうだ。

添えられた写真には、浴衣やサマードレス姿の女性がいくつかのテーブルに分かれて歓談している姿や、グッズ販売の行列風景、騎士のキャラが表示されたスマホやタブレット端末を手に、うっとり花火を見上げる様子などが写っていた。さくらはさらに画面に顔を寄せ、目もこらして女性たちを見た。しかし観光サイト同様、顔はぼかされている。

「う～ん、ダメか」

身を引こうとした時、写真の一枚が目に留まった。

カップル同士の記念撮影らしく、数人の女性が片手に騎士が表示されたスマホを構え、もう片方の手でピースサインをかざしている。こちらも顔にはぼかしが入っているが、左端に立つ一人——袖口にレースをあしらったブラウスに、ふんわりして透け感のあるチュールスカートという甘々《あまあま》なコーディネートで、脚は棒のように細く内股、かなりのO脚だ。まっすぐで艶やかな黒髪にも、見覚えがある。

「見つけた！　中村橋夏希‼　顔隠して脚隠さず」

写真の女性を指さし、立ち上がるのと同時にもう片方の手でガッツポーズを決める。驚き、正丸が画面を覗いた。

「それを言うなら、『頭隠して尻隠さず』。なんでこの子ってわかるの？」

「さっき見た写真と、脚と髪の形が同じなんです。間違いない」

「なるほど。で、なにがどうなってるの？」

「中村橋さんは、『ハーレム騎士』に夢中なんですよ。田無くんが『スマホばっかり弄ってる』って言ったのはゲームをプレイしてるからで、漏れ聞こえてきた『若い男の声』は、騎士のキャラボイス。熱海旅行も花火大会に参加するためで、恥ずかしくてウソをついちゃったんでしょうね」

「つまり、浮気でもなんでもない、ってことね」

秋津にクールに言われ、

「いえいえ。そうじゃないでしょ」

と首を横に振りかけたさくらだが、はたと気づいて動きを止めた。

「夢中って言ってもゲームキャラだし、旅行もスマホ片手に花火を見ただけ……ひょっとして私、中村橋さんの潔白を証明しただけ？　これ、田無くんに知らせなきゃいけないの？」

「そりゃそうでしょ。心変わりはしないだろうけど、感謝されるよ。もったいつけて、『浮気相手は、いたけどいない』とか言ってみれば？」

正丸が返す。唖然《あぜん》としているさくらが面白いのか、口を押さえ笑いを堪《こら》えている。

「あるいは『浮気の証拠がないのが、証拠です』とか？　ちょっと意味不明かしら」

表情を動かさず、秋津も言う。「ちょっとじゃないよ～」と正丸が噴き出し、さくらの肩をばしばしと叩く。痛くて抗議したいが、なぜか頭の中で正丸たちの言葉を繰り返してしまう。

「いたけど、いない」「証拠がないのが、証拠です」。並んだ文字と言葉は電光掲示板のように輝き、流れていく。冒頭部分の文字が省略されているのは、ショックのせいか。

唐突に、頭の中でなにかがスパークした。文字が吹き飛び、代わりにさっき見た奥多摩の事件の資料と写真がフラッシュバックされる。

『自分や社員の指紋を残して、新狭山さんのものだけ拭き取るのは不可能。彼が会社に来なかった証拠だ』という東長崎の証言。新狭山さんの顔。整理整頓され、埃一つ落ちていないアパートの部屋。そして、ピンチハンガーにぎっしり並んだ白い布手袋……。

「あのー、ちょっとよろしいでしょうか」

気がつくと小さく片手を挙げ、とぼけた顔と声をつくって言っていた。クッキーと缶を手に、正丸が顔をしかめる。

「え～。それまさか、深《ふか》キョンの真似《まね》？　やめてよ、ファンなんだから」

「テレビドラマ『富豪刑事《ふごうけいじ》』における、決め台詞《ぜりふ》。深キョンこと女優・深田恭子《ふかだきょうこ》が演じたのは、主役の刑事・神戸美和子《かんべみわこ》」

解説は秋津。遠い目と早口は、部長と課長の妻の過去について話した時と同じだ。

二人には構わず、さくらはポケットからスマホを出して構えた。謎が解けた時には、ミステリードラマやマンガなどの「他人《ひと》の名台詞」を言うのが恒例だ。

4

「緊急事態！」「大至急!!」とメールしたが、田無が捜査会議を抜け出して業務管理課に来るまでには、一時間ちょっとかかった。

「何ごとですかぁ」

怪訝《けげん》そうに部屋に入って来た田無に、さくらは席を立って駆け寄った。

「来てくれてありがとう。それがね——あ。取りあえず中村橋夏希さんは、浮気してないから」

「はい!?　なんで」

「それは置いておいて、奥多摩の事件。調べて欲しいことがあるの」

顔の前に手のひらをかざして田無を黙らせ、一気に告げた。閃いたことを早く伝えたいというより、定時が近づいて焦っている、という方が大きい。

ぽかんとした田無に、さくらはこれまでの流れを伝えた。足りないところや上手く説明できないことは、後ろから正丸と秋津が補ってくれた。

「すごいなぁ」

約十分後。話を聞き終えると、田無は言った。細い目を大きく開き、さくらを見ている。

「でしょ？　久米川さん、こう見えて意外なところに才能があるんですよ」

正丸がテンションを上げて返し、さくらもちょっと誇らしい気持ちになった。だが、続く田無の、

「ホント、すごいですよ。妄想《もうそう》にしては」

という言葉に、浮かびかけた笑みが消えた。それでも気持ちを立て直し、訴える。

「ちゃんと資料を読んで、写真も見て考えたのよ。可能性だって、ゼロじゃないし」

「う～ん。でも、限りなくゼロですよ。新狭山さんの過去や東長崎の事件前後の行動は、充分調べましたしねぇ」

目をかまぼこ形に細めて微笑《ほほえ》み、口調も穏やか。それでも上から言い含められるよ

うなニュアンスを感じ、さくらは腹立たしさを覚えた。

「わかってる。でも、念のために」

「無理ですって。僕みたいな立場の人間が、久米川さんたちになにか言われて動けるはずないじゃないですかぁ」

とたんに、さくらは胸の真ん中に石を投げ込まれたような気がした。石は重くて冷え冷えとして、なにも言えず身動きも取れなくなる。すると、秋津が口を開いた。

「要は、『分《ぶん》をわきまえろ』？」

座ったまま首を傾け、前髪の隙間《すきま》から田無を見ている。

警察官と警察事務職員。どちらも警視庁の業務には欠かせず、日本の平和のために働いている。しかし一部の警察官には事務職員を下に見たり、バカにする人もいて、さくらたちのグチや不満のテーマだ。

不穏な空気を察知したのか、田無は眉を寄せて首を横に振った。

「いえいえ。僕はただ、捜査は任せて欲しいと――ていうか、久米川さんには事件とか謎解きとか、関わって欲しくないんですよぅ。言ったでしょ、僕の癒やし、オアシスなんです」

作り笑顔で背中を丸め、さくらの顔を覗き込む。さらに腹が立ち、言い返してやりたいが言葉が出て来ず、後ずさりするのが精一杯だ。

正丸が静かに席を立った。

「それは違いますよ。事件は職員みんなの問題で、できることがあればするべきだ。それにこの子、仕事はからきしダメだけど職場が大好きで、誇りも持ってるんです。あなたは、なにもわかってない」

途中からは親戚のおじさんか？　という風の「この子」呼ばわりだが、さくらの胸の内を全部伝えてくれた。

うろたえ、田無はなにか言おうとした。すると秋津が、スチールの椅子を軋《きし》ませて背もたれに寄りかかり、ラインが完璧《かんぺき》な脚を組んだ。

「その通り。つまり無知で無能……田無っていうより、『玉無《たまなし》』って感じ？」

胸の前で腕も組み、醒《さ》めた視線とともに田無に言い放つ。

「その決めポーズで、下ネタ？」さくらはずっこけそうになったが、田無はみるみる顔を青ざめさせ、

「すみません。でも……あんまりですぅ！」

と叫ぶなり身を翻し、部屋を飛び出して行った。

5

翌朝、午前九時前。

警視庁庁舎内のエレベーターは、出勤した職員で混み合っていた。同僚と挨拶を交わしたりスマホを弄ったりする人の中、さくらは同時にこみ上げてきたあくびとゲップを押し殺そうと、必死になっていた。

昨日は退庁後、大量の弁当と惣菜《そうざい》、スナック菓子やビールを買い込んで帰宅し、やけ食いをした。しかし気持ちはあまり晴れず、胃が重くなっただけだった。出っ張り気味のお腹もさらに膨らんで、スカートのホックがはじけ飛びそうになっている。

口に手を当ててなんとかあくびとゲップを抑え、さくらは息をついた。上昇するエレベーターはほぼ全部の階で停《と》まるので、十階まではかなり時間がかかりそうだ。

肩にかけたバッグからスマホを取り出そうとして、ふと隣に立つ若い男が読んでいる新聞が目に入った。

「奥多摩タクシードライバー殺害事件　容疑者会社社長、犯行を認める」の見出しに、思わず、

「すみません、ちょっと！」

と奪い取り記事を読む。男はぎょっとして、周りの人も振り向いた。


昨夜。警視庁捜査一課は新狭山さんの自宅近くの病院と関係者に聞き込みを行い、ある心療内科で新狭山さんが通っていた、との情報を得た。

主治医の証言によると、新狭山さんは「心のバランスを崩し重度の潔癖症にかかっており、汚れや人の汗などに敏感で頻繁に手洗いし、外出時には常に手袋をはめていた」そうだ。そして事件の十日ほど前。新狭山さんが来院した際に病院の事務職員が、「挙動不審な男が待合室にいた。新狭山さんが診察室に呼ばれると、部屋の前をうろうろして主治医との会話を盗み聞きしている様子だった。声をかけたが、逃げるように立ち去った」という場面を目撃しており、東長崎の写真を見せたところ「この男で間違いない」と答えたという。

以上から、捜査一課は「尾行と盗み聞きで潔癖症について知り、『手袋をはめてい

るから、指紋は検出されない』と考え新狭山さんを会社に呼んで殺害。遺体を車で奥多摩の雑木林に運び、棄《す》てた」として東長崎を逮捕した。はじめは否認していた東長崎だったが、病院の待合室を撮影した監視カメラの映像を見せられ、犯行を認めたという。

なお、捜査の過程で警察は新狭山さんの通院歴を確認していたが、潔癖症の記録はなかった。これは新狭山さんには、潔癖症が原因で仕事を失った過去があり、証言を得た病院では偽名で健康保険を使わずに治療を受けていたためだ。東長崎はそのことも知った上で、犯行を計画したらしい。

読み終えたところで十階に着いた。さくらは詫《わ》びと礼を言って男に新聞を返し、エレベーターを降りた。

潔癖症と手袋のトリックは昨日の推理通りだが、なぜ東長崎が犯行を思いついたかはわからなかったので、腑《ふ》に落ちた。しかし別の疑問が生まれ、さくらは首を捻《ひね》りながら廊下を進み、更衣室で制服に着替えて業務管理課に向かった。

「おはようございます」

午前九時ぴったりにドアを開け自分の机に歩み寄るさくらに、秋津と正丸が返す。

「おはよ」

「おはようございます。今日も暑くなりそうだね」

二人とも既にそれぞれの席に着き、コーヒーとお茶を飲んでいる。いつもと変わらない、朝の光景だ。

「今日の仕事は全国のみなさんから寄せられた、質問・要望・感想のお手紙とメールの選定。広報課のチェックを受けたのち、警視庁公式サイトの名物コーナー『ハートの渡し船』に掲載します。ただし前回みたいに、『警視副総監の頭髪が、見る度に増えていくのはなぜ？』とか『〈母さん助けて詐欺〉の名称は、〈E電〉や〈実年〉と同じ末路を辿《たど》るのですか』とかブラックなのばっかり選ぶのは厳禁……わかってる？久米川さんのことだよ」

そう説明し、正丸が横目で睨《にら》んできたが、さくらは聞こえないふりで席に着いた。バッグから通勤途中に買った胃薬とペットボトルのミネラルウォーターを出し、さっき浮かんだ疑問を投げかける。

「奥多摩の事件は、解決したんですね。田無くんが私の話を捜査一課の人に伝えてくれたのかな」

首を横に振り、秋津が答えた。

「それはない」

「じゃあどうして」

胃薬の箱を開けながらさらに訊ねたが、秋津は無言。正丸も黙っているが、なにか言いたげに小鼻が膨らんでいる。今日のアームカバーの柄は、着ぐるみのクマをモチーフにした、と言われているキャラクターだ。

「まさか、課長？」

「あらら、バレちゃった？ 困ったな。いや、昨日は久米川さんが帰った後も腹の虫が治まらなくてさ。別の人に連絡して、捜査をお願いしちゃった。潔癖症のこともあって、新狭山さんはタクシードライバーになったみたいだね」

「ええ。一日中手袋をはめていても、おかしく思われないから。治療しながら前向きにがんばっていたのに、って考えると切ないけど、犯人が捕まったのがせめてもの救い……でも、よく捜査してもらえましたね。『別の人』って誰？」

「俺だ」

その声に振り向くと、ドアの前に男が一人。歳は二十代半ばで三つ揃《ぞろ》いのダークスーツを着込み、ベストのポケットとフロントボタンの間に懐中時計のチェーンを垂らしている。

ジャケットの胸ポケットからは小さく丸みのある淡いピンクの花のようなものが覗き、立体的に重なり合った花弁はバラに似ているが、所々白い筋が入っていて、鈍い光沢もある。

「元加治くん……それ、生ハム？」

座ったままバラに目をこらし、さくらは問いかけた。

「んな訳ねえだろ！　これはフラワーチーフといって、ハイセンスなパリジャンの間で注目の——三ヶ月ぶりに会って、その挨拶かよ。相変わらずのボケぶりだな」

顔をしかめ、胸ポケットからバラを引き抜きながら近づいて来る。円形のチーフの底を持ち上げて上部をリングで留め、縁の部分を上にして広げて花に見立てポケットに挿す、というアイテムのようだ。

くっきり二重の大きな目に小さな鼻、ぽってりとした唇。アイドルのような顔立ちの元加治だが、本人にはコンプレックスで、あの手この手で「渋さ」と「ダンディ」

をアピールしている。しかしいまいちズレている上に小柄で痩せ形というハンデもあり、さくらの突っ込みの対象になることも度々だ。

「あっそう。でも、似たような形でディスプレイされてるハムとかスモークサーモンとか、お店で見るし……あれ。課長が連絡したのって、元加治くん？」

「正解。特別任務のために昨日帰国されたんだ。僕が電話した時は成田《なりた》に着いたばっかりだったんだけど、『飛行機の中で報道を見て閃いた』ってことにして、捜査一課に久米川さんの推理を伝えてくれたんだよ……おかえりなさい。ご対応、ありがとうございました」

立ち上がって背筋を伸ばし、正丸が一礼する。会釈を返し、「おかえり」の合図かひらひらと手を振る秋津には、右手の人差し指と中指を立てて額の脇にかざす、という「渋い」ではなく「古い」ポーズで応え、元加治はさくらに向き直った。

「驚いたけど事件は解決したし、業務管理課が相変わらずみたいで安心したよ。ちなみに『特別任務』ってのは、薬物乱用防止キャンペーンの新作ポスターの撮影。去年、誰かさんのお陰でキャンペーンボーイになっちまったからな」

最後は、声と眼差《まなざ》しが恨みがましいものに変わる。さくらも見返し、訊ねた。

「私たちの申し出に動いてくれたの？　すぐに？　三ヶ月ぶりなのに？」

つい、昨日田無に言われたことを思い出してしまう。すると元加治は、

「ああ。今さらなに言ってんだよ」

と当たり前のように返した。たちまち、さくらの気持ちは晴れ、胃まで軽くなった。

「よかったじゃない」とでも言うように秋津に目配せされ、嬉しいような恥ずかしいような思いが胸に満ちる。元加治の視線を感じ、さくらはさらに訊ねた。

「そうよね、ありがとう。ところで、フランスはどう？　おいしいお菓子とか食べた？　いつまで日本にいられるの？」

「やれやれ」の意味か眉を寄せて苦笑し、元加治は横を向いて腰に手を当てた。

「そう騒ぐな。時間はたっぷりある。捜査一課に復帰するからな」

「えっ!?」

さくらと正丸が声を上げ、秋津も持ち上げたマグカップを机に戻す。三人の反応に満足したように顎を上げ、元加治は続けた。

「俺もさっき聞いたばかりだ。なにがあったのか、田無って刑事が今朝『心が折れました。旅に出ます』と言って休職しちまったらしい。新しい課長が『世間に注目され

ているうちに、結果を出す』と意気込んでることもあって、『戻って来て欲しい』となったんだ。ま、捜査一課にもお前の謎解きにも、俺様がいなきゃダメだ、ってことだな」

「『俺様』だって。本当に言う人、いるんだ」

つい突っ込みを入れてしまうさくらだったが、気持ちはさらに高揚した。「相方」の復帰で、これからどうなるのか。面倒臭いのは勘弁だが、面白いことは大歓迎だ。

「うるせえな。後で正丸さんたちにはおみやげを渡すけど、お前はなしだ。絶対やらねえ」

「まあまあ」

「取りあえずお茶、ね」

わめく元加治を正丸がなだめ、秋津はドアの横の流し場に向かう。

騒々しく落ち着かず、暑苦しい。でも三ヶ月ぶりに感じる空気が心地《ここち》よく、さくらは頬が緩むのを感じながら胃薬の箱をつかみ、バッグに戻した。

第二話

やる時はやるさくらちゃん

1

手術室のドアが開き、医師と看護師が廊下に出て来た。はっとして、ベンチソファに座っていた夫婦と思《おぼ》しき中年男女が立ち上がる。

「先生、息子は？　広志《ひろし》の容態はどうなんですか」

医師と後ろの手術室を交互に見て、妻が訊《たず》ねた。慌てて家を飛び出して来たのか、すっぴんで服装も着古したブラウスとスカート。後ろで日焼けした顔を強《こわ》ばらせている夫も仕事を抜けて来たらしく、濃紺の作業服姿だ。

青い手術着を着て縁なしのメガネをかけた若い医師は、一瞬俯《うつむ》いてから答えた。

「手は尽くしたのですが、こちらに運ばれて来た時には手遅れの状態で。お気の毒です」

「まさか。ウソでしょ……広志、ひろし〜っ！」

両手を顔に当て、妻は声を上げた。白いビニールタイル貼《ば》りの床に崩れ落ちそうになり、夫に支えられる。夫も顔を歪《ゆが》ませ、目には涙を浮かべていた。看護師が歩み寄り、夫婦をソファに戻す。その姿を沈痛な表情で見て、医師は続けた。

「息子さんは百キロを超えるスピードで首都高速道路を走っていてカーブを曲がり損ね、壁に激突したんです。後ろを走っていた車も巻き込まれて、ドライバーの方は別の病院に搬送されたそうです」

「その人の容態は？」

夫の問いかけに医師は目を伏せ、無言で首を横に振った。

「そんな……なんてことだ」

かすれた細い声で、夫が呟《つぶや》く。見開かれた目から、ぼろぼろと涙がこぼれた。

「あれほど『無謀運転はダメ』『制限速度を守って』って言ったのに。こんなのイヤ。お父さん、なんとかして！」

妻は泣き続け、夫の胸にすがりついた。悲鳴めいた声は周囲に響き、廊下の奥からソファに近づいて来た久米川《くめがわ》さくらの耳にも届いた。

いたたまれない気持ちになり、さくらは廊下の端を進んだ。片腕に抱えた花束を揺すり上げ、もう片方の腕を大きく振って歩く速度を上げる。視線を落とし、ソファの向かいに立つ医師と看護師の後ろを通り抜けた。

「はい、カット！」

前方から、監督の声が飛んできた。妻の声がぴたりと止《や》み、夫、医師、看護師は廊下の先を見る。さくらも足を止めて顔を上げた。

「ダメダメ。なにやってるんですか」

顔をしかめ、廊下の先から監督が駆け寄って来た。歳《とし》は四十過ぎだろうか。小太りの体をパーカとジーンズ、スニーカーで包み、手に丸めた台本をつかんでいる。後ろにはごつい三脚に載ったビデオカメラのファインダーを覗《のぞ》くカメラマン、ブームマイクを構えた音声スタッフの姿があり、脇には煌々《こうこう》と明かりを点《とも》す大きな照明もセットされている。壁際には、制服姿で書類やデジタルカメラなどを手にした男女も数人。警視庁広報課と交通総務課の職員だ。

「あれ？　言われた通りにやったんですけど。むしろ表情とか今までで一番かなぁ、って」

監督とスタッフの視線が自分に向けられていると気づき、さくらは返した。監督は首を横に振り、薄手のニットに膝丈《ひざたけ》スカート、ローヒールのパンプスという格好のさくらを眺めた。

「表情は関係ありません。歩く時に、左腕と左脚が一緒に出てるんですよ」

「えっ、また？」

「それはこっちの台詞《せりふ》。もうNG三回目ですよ。大事なシーンなのに、参ったな」

刺々《とげとげ》しく告げ、監督はため息をついた。スタッフと役者たちも、呆《あき》れた様子だ。

ばたばたと慌ただしい気配があり、後ろから正丸《しょうまる》がやって来た。

「あいすみません、うちの部下が。これでも、やればできる子なんです、やれば」

ヘアメイクの女性を呼んで化粧を直してもらっている夫役の男優と、手鏡を覗いている妻役の女優、衣装の乱れを整えている医者役の男優にぺこぺこと頭を下げ、最後に監督に作り笑いを向けた。縦縞《たてじま》のパジャマを着て左足にギプスをはめ、松葉杖《まつばづえ》を抱えている。

しかし監督は、しかめ面のまま返した。

「そうかもしれませんし、ご協力には感謝してるんですけど……ちなみに、課長さんもNGです。右足を引きずって、松葉杖も右腕でついてましたよ」

「あらら、ホントに!? そりゃ申し訳ありません。緊張しちゃって。ねえ？」

「ねえ？」でさくらを振り向き、正丸は二重顎《にじゅうあご》を上げて能天気に笑った。うんざりした様子で、監督は胸の前で腕を組んだ。

「すみませんけど、課長さんとそっちの、久米川さん？　役を降りて下さい」

「えっ⁉」

正丸とさくらは声を上げたが、監督は構わずカメラの周りのスタッフを振り返った。

「通行人AとB、カットね。代わりに医師の横顔をアップで――すみません、変更です。今のシーンなんですけど」

言いながら役者たちに近づき、台本を開く。

呆然《ぼうぜん》と立つ正丸とさくらの目に、台本の表紙に書かれた作品タイトルが映る。「警視庁製作　首都高速道路安全走行啓発ドラマ『マッドメックス　ヒヤリのデス・ロード』」。どう考えても最近公開されて話題を呼んだ某アクション映画のパクリなのだが、異議または疑問を申し立てる人はいない。

今朝さくらが出勤すると、興奮状態の正丸に「交通安全教室や、違反者講習で上映するドラマのDVDを作るんだって。経費削減のために庁舎内でも撮影するから、僕たちにエキストラで出演して欲しいそうだよ」と告げられた。さっそく現場に向かったところ、廊下の一角が壁に手すりを付けたり、ソファを置いたり、医療関係のポスターを貼《は》ったりして病院風にセットされ、大勢のスタッフと役者もいた。その後、期待と緊張に胸を膨らませながら監督の指示を聞き、着替えやヘアメイクもして撮影に臨んだのだが、開始から一時間も経《た》たないうちにクビになってしまった。

「いいえ、あなたはこのまま出演して下さい。表情といい雰囲気といい、最高。別のシーンにも出ちゃいます？　台詞も言ってもらおうかな」

急に監督がデレデレした声になった。視線の先には、看護師役の女優。すらりとした体をナースのユニフォームとストッキング、ナースシューズで包み、わずかに首を傾けて佇《たたず》んでいる。秋津《あきつ》だ。

秋津も、はじめはさくらたちと同じ通行人役だったのだが、監督に看護師役に抜擢《ばってき》された。同時に看護師のユニフォームは、ブルーのシャツとスラックスの地味なものから淡いピンクのワンピースに変更、頭には今どき珍しいナースキャップまで装着している。だるそうな表情といい、微妙に崩れたアップに結った髪といい、さくらはひと目見て「いくら具合が悪くても、こんな看護師さんには診てもらいたくない」と思ったのだが、監督や男性スタッフは違うらしい。さっきから「色っぽい」「グッとくる」等々囁《ささや》き合っている。

仕方なく、さくらと正丸はカメラの方へ歩きだした。壁際に立つ職員たちは、呆れたり笑ったりしながらこちらを見ている。

ふと、視線を感じてさくらは振り返った。ソファの脇に秋津が立っている。

「ごめんね。後をよろしく……女優、女優、女優！　勝つか負けるかよ」

両手をユニフォームの腰に当て、後半はなぜか挑むような口調だ。訳がわからずぽかんとしていると、正丸が言った。

「映画『Wの悲劇』より、三田佳子《みたよしこ》演じる大女優・羽鳥翔《はとりしょう》の名台詞——あ、今の『女優、女優、女優！』ってやつね。秋津さん、あの映画大好きでさ。『入会金が一万五千円ぐらいした黎明期《れいめいき》のレンタルビデオショップに、〈Wの〜〉目当てで入会した』って言ってたなあ」

がっくりと肩を落とし、テンションも低いが説明は丁寧だ。「一万五千円って、高すぎ。黎明期っていつの時代？」と、またもや秋津の実年齢絡みの疑問を覚えたさくらだったが、役を降ろされたショックに比べればどうでもよく、「はあ」とだけ返して廊下を進んだ。

　更衣室で制服に着替え、さくらと正丸は業務管理課に戻った。それぞれの席に着き、失意のまま新たに与えられた仕事に取りかかった。

「それ、首が太すぎない？　全体的に丸くてもっさりしてるし、ツルっていうよりハトって感じ」

　しばらくして、正丸が口を開いた。視線は、さくらの机の上に載った紙箱に注がれている。中には、水色の折り紙で折られたツルが二羽。どちらもシワだらけで、歪みも目立つ。

「大丈夫です。どうせ役者さんの後ろに、ちょっと映るだけでしょ」

　投げやりに返し、さくらは三羽目のツルを折った。角と角を合わせなくてはいけないところは合わないし、左右対称に畳まなくてはならない箇所も畳めないが、構わず続ける。

　ふと気づき、さくらは手を止めて顔を上げた。

「ていうかこれ、いくつ折ればいいんですか？　まさか千羽とか言わないですよね。定時どころか、定年になっても終わりませんよ」

「定年まで居座る気なんだ」

ぼそりと呟き、正丸は作業を再開した。糸を通した針を持ち、チェックのネルシャツの袖にボタンを縫い付けている。家でもやっているのか手際がよく、時々針の先を側頭部に触れさせて髪の毛の脂を付ける仕草などは堂に入っているが、同時に猛烈な所帯臭さも漂う。今日のアームカバーは、「鮪《まぐろ》」「鮭《さけ》」「鰯《いわし》」など魚偏の漢字がびっしり。手ぬぐいをリメイクしたようだが、筒状の形といい寿司《すし》店の湯飲みに見えなくもない。

新たな仕事は、ドラマの撮影で使う小道具と衣装作りだった。さくらたちの足元にはボタンつけやアイロンがけを待つ衣類と、画用紙やクレヨンなど小道具の材料が詰まった段ボール箱が置かれている。

気づくことがあり、さくらは立ち上がった。正丸の机の脇を抜け、電気ポットや茶筒、湯飲みなどが載った壁際の棚に歩み寄る。ポットの脇のカゴを覗いたが目当てのものはなく、引き出しや隣の棚を覗く。気配を察知したのか、正丸が振り向いた。

「探し物?」

「はい。お昼ご飯の前菜に果物でも食べようかな、と。もらい物のキウイがあったでしょう。課長と秋津さんはすぐに食べたけど、私は『ちょっと固いかな』と思って熟すのを待ってたんです」

「『前菜』って、十二時まで一時間以上あるけど」

「いいからいいから。課長、いつも『婚期は逃しても、食材の旬は逃すな』って言ってるじゃないですか」

「でも、キウイの旬は冬から春。今は九月だから、早すぎるでしょ」

「国産の場合はね。もらったキウイはニュージーランド産で、旬は四月から九月です」

棚の中を引っ掻《か》き回しながら返す。ようやくテンションが上がってきた。

ため息をつき、正丸も席を立った。

「食べることに関してだけは、勉強熱心なんだから……そこじゃないよ。昨日の朝、冷蔵庫にしまったの。ほら、今年は残暑が厳しいし、腐るといけないから」

言いながら冷蔵庫の前に行き、ドアを開ける。さくらも隣に移動して、正丸が冷蔵庫から取り出したキウイを受け取った。

「ありがとうございます！　お礼に半分、は無理だけど一口あげますね……あれ？

なんか変じゃないですか」

指先でキウイに触れ、さくらは首を傾《かし》げた。ころりとした楕円形《だえんけい》で、濃い茶色。表面は、短くざらっとした毛に覆われている。それは数日前に熟し具合を確認した時と同じだ。しかし、皮の中が妙にブヨブヨしている。

「そんなことないでしょ。貸して」

手を伸ばしてキウイを取り、正丸は棚の前に行った。引き出しからまな板と包丁を出し、棚の上に置く。さくらが見守る中、正丸はキウイをまな板に載せ、包丁で横半分に切った。どろりと、切り口から薄緑の果汁がこぼれて甘酸っぱい香りが立ちのぼった。さくらがキウイの一方を持ち上げて眺めると、切り口は黒みがかった緑になっていて、中央の白い部分も黄ばんでいる。果肉もジューシーというよりグズグズで、強く押すと崩れそうだ。

「完熟、っていうか、腐りかけ？」

呆然と切り口を見下ろし、コメントした。キウイのもう一方を手に、正丸は騒ぎだした。

「なんで冷蔵庫で腐るの？　しかも、たった一日だよ。おかしいでしょ」

「知りませんよ。これ、どうするんですか。楽しみにしてたのに」

「いや、絶対におかしいって。昨日の朝は、なんともなかったのに」

「言い訳無用。謝って下さい。私じゃなく、キウイさんに」

腹が立ってきて、さくらはキウイを正丸の前に突き出した。身を引きながらも背筋を伸ばし、正丸は律儀に頭を下げた。

「すみません。後で代わりのを買って来るから、許してよ。一緒にブドウとカキも。どっちも秋が旬だし……そうそう。秋って言えば、久米川さんに見て欲しいものがあったんだ」

急に早口になり、キウイを置いて自分の席に戻る。足元に置いた通勤用のバッグを取り、サイドポケットから折りたたんだ紙を出す。新聞記事の切り抜きらしく、広げてさくらの前に突き出した。記事の中央には写真があり、手前に黄色地に赤で「立入禁止　KEEP OUT　警察」と印刷されたテープが渡され、その奥に大きな日本家屋が写っている。

「なんですか、これ」

「うちの町内で起きた事件。現場の隣は公園で、秋祭りをやる予定なのにずっと立ち入り禁止なんだ。ご近所のみなさんから『警察に勤めてるんでしょ？　なんとかして』って責められちゃって、もう大変」

調子よくぺらぺらと捲《まく》し立てる。その手に乗るかと思いながらも、写真のテープの色鮮やかさに目を引かれ、さくらは切り抜きを受け取って記事を読んだ。

三日前。東京都板橋《いたばし》区如月《きさらぎ》町一丁目の住宅で、この家に住む仏子光平《ぶしこうへい》さん・八十二歳の遺体が発見された。仏子さんは資産家で、一人暮らし。室内が荒らされ現金や貴金属などがなくなっていたため、所轄署が強盗殺人事件として捜査を開始した。指紋や目撃者などの手がかりはなく、家族や近隣住民に聞き込みをしても容疑者は浮かばないという。

「お気の毒ですけど、ありがちな事件ですよね。プロの仕業かもしれないし、犯人はじきに捕まるんじゃないですか」

読み終えるなり興味を失い、さくらは切り抜きを返して視線をキウイに戻した。

「『じき』っていつ？　秋祭りは今週末なんだよ。なんとかならないかな。いつもの調子で、ちゃちゃっと謎解きを」

「これ、ジャムとかお菓子にしたら食べられませんかね。じゃなきゃ、お酒とか？

アルコールで消毒になるし、腐ってても大丈夫かも」

正丸を無視して、想像を膨らませる。頭にキウイジャムを山盛りにしたトーストと、スポンジにキウイソースを挟んだケーキ、たっぷりの氷と炭酸で割ったキウイ酒で満たされたグラスが浮かび、心が浮き立つ。同時に、ぐう、とお腹《なか》が鳴った。

「ちょっと、なにそれ……もういいよ。こうなりゃ奥の手だ」

「『奥の手』って？」

問いかけたさくらに、いしし、と意味深な笑みを返し正丸は身を翻した。

2

昼食を摂《と》り、さくらが業務管理課に戻ると正丸は自分の席でスマホを弄《いじ》っていた。

「ええと、『メニュー』から『通話』を選んで呼び出す、と……あらら。出て来ないよ」

ぶつくさ言いながら、スマホの画面の上で指を動かす。ピコポコという操作音が気になり、さくらは脇から画面を覗いた。

「違いますよ。『メニュー』の次は『お友だち』。そこから相手の名前を選んで、『通話』ボタンを押す。さっき言ったじゃないですか」

「はいはい、そうでした……ほい。これでOK」

照れ笑いしながら、正丸が操作をし直す。画面が切り替わり、中央に赤く丸い金属バッジの写真のアイコンが表示された。バッジは金の枠で囲まれ、中には金の大きな文字で「SIS」、その下に「mpd」と入っている。警視庁捜査一課所属の職員にだけ与えられるバッジ、いわばエリートの証《あかし》だ。下に表示された名前は、「元加治《もとかじ》さん」。さらにその下には、「トーク」「通話」「ビデオ通話」の三種類のボタンが並んでいる。正丸は「ビデオ通話」を選び、タップした。

呼び出し音が数回鳴り、また画面が切り替わった。映し出されたのは動画で、二十《はた》歳《ち》そこそこの若い男性の顔のどアップ。凹凸に乏しい顔立ちで、どろんとした細い目は三白眼気味、口の周りとしゃくれた顎は、青々としたヒゲの剃《そ》り跡が目立つ。

「わっ！」

「誰!?」

ぎょっとして、二人で身を引く。と、ごそごそという気配があって男性が横にずれ、画面に見覚えのある、くっきり二重の大きな目と小さな鼻、ぽってりした唇が現れた。

「どうも」

「元加治くん……なに食べてるの？　ずるい」

さくらは訊ねた。視線は、元加治が口にくわえた薄茶色の太いスティックに注がれている。

「はあ？　お前、なに言ってんの」

指先でスティックをつかんで口から出し、元加治は眉《まゆ》を寄せた。彼のスマホには、こちらの姿が映っているはずだ。

「だってそれ、葉巻型のチョコでしょ。私にもちょうだい」

「タコ。本物の葉巻だよ。生前ジャイアント馬場《ばば》さんや山城新伍《やましろしんご》さんもお取り寄せしてた、って噂《うわさ》のパリの老舗煙草《しにせたばこ》店で買ったんだぞ。葉巻をくゆらせ、ブランデーグラスを揺らし、ナイトガウンでくつろぐのが、アーバンでアダルトな男の嗜《たしな》みってもんで」

「元加治さん、煙草吸うんでしたっけ？」

暑苦しい蘊蓄《うんちく》を、正丸が遮る。すると元加治は首を横に振り、あっさり答えた。

「いえ、くわえてるだけ。僕、煙草の煙も臭《にお》いもダメなんですよ。昔から気管支系が弱くて、すぐにゲホゲホッと——じゃなくて、ご希望通り板橋の現場に来ましたよ。なにをすればいいんですか」

「さっき説明した通り、ちょろっと調べていただければ。いや、助かります。大事な会議を抜け出して下さったそうですね」

「抜け出したくて抜け出したんじゃありませんよ。本当にちょろっとですよ。こんなことやってるのが、上司にバレたら」

「はいはい。ご心配なさらずとも、心得ておりますよ」

調子よく返し、ひらひらと手のひらも振って正丸が元加治をなだめる。

なんのことはない、「奥の手」とは元加治のことだった。電話をかけて「謎解きの身代わりの件を公表されたくなければ、事件を調べろ」と脅し、現場に向かわせたのだ。同時にさくらに調べさせてスマホにビデオ電話のアプリをダウンロードし、昼休み返上でセッティングをした。

納得いかない様子ながらも、元加治は葉巻をポケットにしまい、身支度を整えた。外は残暑が厳しいというのに、三つ揃《ぞろ》いを着込んでネクタイを締めている。暑いのか、鼻の下にうっすら汗をかいていた。

「あ、彼は所轄署の小手指《こてさし》巡査。現場の警備をしてたので、撮影係にスカウトしました。正丸さん、『捜査状況をビデオ電話で中継して欲しい』って言ったでしょ」

元加治が隣を指す。正丸とさくらが挨拶すると、男は緊張の面持ちで「小手指であります！」と名乗り、敬礼した。よく見れば警察官の夏の制服姿で、頭に制帽をかぶっている。

元加治の後ろを、彼のスマホを構えた小手指が歩き動画を撮影する、という態勢で二人は移動を始めた。立入禁止のテープをくぐり、門から仏子家の敷地に入る。

コンクリートのアプローチが延び、突き当たりに入母屋《いりもや》造りの大きな二階建ての日本家屋があった。黒い瓦《かわら》は色褪《いろあ》せ、白い壁も汚れとヒビ割れが目立つが風格のある屋敷だ。玄関は木の引き戸で、その横は板張りの長い縁側。ずらりと並んだ掃き出し窓の奥は居間なのか、格子の入った障子が見えた。

「立派な家ですねえ」

さくらがコメントし、正丸はスマホを手に頷《うなず》いた。

「しかもここ、駅前なんだよ。仏子さんは古くからの地主で、アパートや駐車場をたくさん持ってるんだ。うちは少し離れてるけど、そこも元は仏子家の土地だった、って話」

「へえ。すごいなあ」

感心している間に、元加治は引き戸を開け玄関に入った。スマホを構え、小手指も続く。

玄関も広い。薄暗いので細部はよく見えないが、三和土《たたき》と板張りのホールだけで、六畳ワンルームのさくらの部屋が収まってしまいそうだ。

「失礼します」

後ろ姿の元加治が頭を下げ、靴を脱いでホールに上がった。小手指も会釈し、画面が上下に揺れる。つられて正丸とさくらも、「お邪魔します」「どうも」と挨拶した。

元加治は周囲を見回し、一緒に画面も動いた。正面に家の奥に通じるらしい廊下、左側にアプローチから見えた縁側が延びている。

「こっちだな」

元加治は縁側に向かった。脇に挟んでいた茶封筒を開け、捜査資料らしき書類を出す。小手指もついて行き、画面には書類を読む元加治が斜め後ろから映し出された。

「三日前の午前八時過ぎ。近所の住民から、『仏子さんが倒れていて動かない』と通報があった。約十分後、救急隊員が駆けつけたが仏子さんは既に亡くなっていた」

「ふんふん」

正丸が頷く。両手でスマホを横向きに持ち、画面に見入っている。さくらもライブ中継というのが面白く、自分の椅子《いす》を持って来て正丸の隣に座り、画面を眺めた。

「遺体の発見場所は——ここだな」

足を止め、元加治は傍らの障子を開けた。手振りで小手指に縁側に留《とど》まるよう指示し、居間に入る。畳敷きの和室だ。現場検証は済んでいるので、足跡や血痕などの位置を示す番号札などは見当たらず、鑑識課員と捜査員の姿もない。

数メートル進んで振り向き、元加治は前方の床を指した。

「仏子さんは居間の出入口に倒れていた。周囲には座布団や新聞などが散乱しており、二階で寝ていたところ物音に気づき、様子を見に来て犯人と鉢合わせしたと推測される……これが写真です」

書類を捲《めく》り、貼られている写真をこちらに向ける。一枚は白髪頭で頬骨《ほおぼね》の張った老人の顔。仏子さんだろう。もう一枚は遺体のようで、白地に黒い模様が入った浴衣《ゆかた》姿の仏子さんが、縁側に頭を向けて仰向《あおむ》けに倒れている。幸い、遺体の方は引きのアングルなのと掃き出し窓から射《さ》し込む日光のせいで、表情などはよく見えない。

迷わず、正丸はスマホを机に置いて遺体写真に手を合わせた。さくらもならう。

「ナンマンダブナンマンダブ……死因は絞殺でしたよね。犯行時刻は？」

再びスマホを取り、正丸は訊ねた。

「検視によれば、四日前の午後九時から三日前の午前二時の間。遺体のそばには、これが落ちていました」

言いながら元加治はこちらに戻り、さらに資料を捲って別の写真を見せた。写っているのは、細長い金属の棒。上端はかぎ爪《づめ》のように三股《みつまた》に分かれて尖《とが》り、下端は両刃のバターナイフに似た形状だ。

「全長二十五センチ。盆栽の手入れに使う熊手《くまで》だそうです」

「盆栽？」

「ええ。仏子さんの趣味だったとか。念のためＤＮＡ鑑定に出していますが、まだ結果は出ていません」

元加治が掃き出し窓を指し、小手指もスマホのカメラのレンズを動かした。

窓ガラスの向こうには、広い庭があった。元は立派な日本庭園だったのだろうが、長らく手入れをしていないようで樹木は枝と葉が茂り放題。中央の石灯籠《いしどうろう》は汚れて黒ずんでいる。手前には棚が設《しつら》えられ、松や紅葉《もみじ》など盆栽の鉢が置かれているが、こちらも手入れは行き届いていない。

「居間の床の間に、ハサミやピンセットなどの盆栽の手入れ道具を入れた箱が置かれていたそうです。とっさにつかんで、抵抗を試みたんでしょうね。ちなみに仏子さんは、古美術品の収集にも凝っていて、その筋では有名だったとか」

そう続け、元加治は障子を大きく開けて居間に戻った。

日差しが射し込み、居間の全容が明らかになった。二十畳近くありそうだが、隣室と隔てる襖《ふすま》を開ければさらに広くなるだろう。中央にごつくて重たそうな木の座卓が置かれ、突き当たりには廊下に面していると思しき障子。傍らの壁の床の間には水墨画の掛け軸がかけられ、隣には香炉や印籠《いんろう》、根付け、茶器などを収めたガラスの扉付きの戸棚があった。戸棚の上にも焼き物の皿と壺《つぼ》、金属製の仏像が並べられている。

「うはあ。同じ町内なのに、我が家とは別世界。世の中結局、これってことか」

正丸がため息をつく。「これ」と言った時には、手のひらを横にして親指と人差し指で丸を作り「お金」のポーズを取っている。呆れて、元加治が突っ込んだ。

「これだけの品を見て、浮かんだ感想がそれですか……盗まれたのは、現金約八十万円と仏子さんの腕時計、亡くなった奥さんの指輪とネックレス、戸棚の中の古美術品が数点です。小手指くん、寄りで撮ってくれる？」

「はっ！」

力みまくりの声が聞こえ、カメラは戸棚に接近した。ガラス越しに中の品を映してから、戸棚の上に移動する。

「あれ？」

さくらの呟きに、正丸が勢いよく振り向いた。

「なに!?　どうかした？」

「よく見ると、汚れてませんか？　長いこと掃除をしてないみたい。庭の盆栽も同じような感じでしたよね」

慌てて、正丸が画面に目をこらす。戸棚の上の皿と壺は模様や色遣いが美しく、仏像も重厚で彫刻が見事だ。しかしどれも表面にうっすら埃《ほこり》が積もり、くすんでいる。

ふん、と元加治が鼻を鳴らした。

「よく気がついたな。仏子さんは半年ほど前に老人性認知症を発症し、治療を受けていたんだ。初期だったそうだが、ぼんやりすることが多くなり、掃除や洗濯などの家事も上手《うま》くできなくなっていたらしい」

またカメラが動き、画面に座卓が映った。上には新聞や郵便物、薬の袋などが雑然と置かれ、その間に、丸めたティッシュや小銭などが転がっている。

「なるほど。盆栽に古美術品、現場には熊手。被害者は認知症か……どう、久米川さん。ビビッと来るものはない？」

鼻息も荒く見つめられ、さくらは椅子を横にずらして逃げた。

「知りませんよ。私には関係ないし。それより、代わりのキウイは？　昼休みが終わっちゃいますよ」

そう切り返した時、正丸のスマホから聞き覚えのない声が聞こえた。ごとごとと、戸を開けているような音もする。

画面に目を戻すと、元加治の後ろ姿。縁側に移動し、開けた掃き出し窓から外の誰かと話をしている。

「――はい。事件のことでちょっと。すぐに失礼しますので」

カメラは警察手帳を見せる元加治、その肩越しに外の誰かを映す。喪服を着た細身の中年女性が二人と、スーツ姿のでっぷり太った男性が一人。

「それはいいけど、まだ父の遺体を返してもらえないの？」

女性の一人、白髪混じりの長い髪を後ろで一つに束ねた方が訊ねる。

「困っちゃうんだよね。ああしてみんな集まってるし、早く葬儀の段取りをしないと」

隣に立つ男性も言い、太く毛深い指で後ろを指す。つられて、小手指のカメラも動いた。

庭の奥に、平屋の小さな離れがあった。庭に面した掃き出し窓は開け放たれ、奥に五、六人の男女の姿が見える。仏子さんの家族だろう。なぜ玄関のカギが開いていたのか不思議だったさくらだが、これで納得だ。

「お気持ちはわかりますが、ご遺体が手がかりになる可能性もあるので」

手のひらで後ろの居間を指し、元加治が説明する。すると残りの一人、ショートボブの髪を不自然なぐらい真っ黒に染めた女性が眉をひそめた。

「でも捜査は進んでない、って聞いたわよ。犯人はもちろんだけど、盗まれたものも探して下さいね。お金や宝石はどうでもいいの。古美術品をなんとかして」

「そうよ。小判に印籠、茶碗《ちゃわん》だっけ。他《ほか》にも盗《と》られてるんじゃないの？　兄さん、ちゃんと調べてくれた？」

髪を束ねた女性も問いかけ、隣を見る。うろたえて大きな体を揺らし、男性は手にしたハンカチで額の汗を拭《ぬぐ》った。

「俺に訊《き》くなって。でも、玄関の牡丹《ぼたん》の絵は無事だよ。あれが一番価値があるんだろ？　親父《おやじ》も『家宝だ』って自慢してたし……会社の応接室に飾りたいんだよな」

「なにそれ。勝手に決めないでよ。あれは、うちの娘の結婚祝いにするつもりで」

「ちょっと！　……とにかく、遺体も古美術品もよろしく頼みますよ。なにかわかったら、すぐに連絡してね」

二人をたしなめて元加治に念押しし、ショートボブの女性は離れの方に歩きだした。束ねた髪の女性と、太った男性も後を追う。

遠ざかっていく背中を眺め、さくらはコメントした。

「『葬儀の段取り』とか言って、三人とも目がギラついてるし。遺産欲しさに駆けつけた、って感じですね」

「また、どす黒い観察眼を働かせやがって、と言いたいところだが、正解。仏子さんは頑固で気難しい性格で家族と折り合いが悪く、誰も家に寄りつかなかったらしい」

資料を捲り、元加治が言う。

「牡丹の絵って？　見てみたい。元加治くん、よろしく」

好奇心を刺激され、さくらが声をかけると元加治は小手指を促し、縁側を歩きだした。

玄関に戻り、元加治は壁のスイッチを押した。黄色味を帯びた電球の明かりがホールを照らし、元加治と小手指のカメラは正面の壁に近づいた。

さっきは気づかなかったが、薄茶色の砂壁に額縁に入った絵が三枚飾られていた。サイズはどれも縦三十五センチ、横四十センチほど。同じ画家の作品らしく、似たタッチで花が描かれている。左から、百合《ゆり》に牡丹、椿《つばき》だ。

「画材は墨、それとも絵具《えのぐ》かな。黒を基調とした色合いが見事だね。とくに牡丹は圧巻。こりゃ高いぞ。三百万、いや五百万はするな。なんで犯人は持って行かなかったんだろう」

画面の中の絵を眺め、正丸は疑問を呈した。元加治が返す。

「確かに。足が付くと思ったか、価値を知らなかったか。久米川、どう思う？」

「百合って、根っこが食べられるんですよね。旬は秋？」

舌なめずりをしながらさくらが返すと、正丸たちからブーイングが起きた。

「なにそれ。見たもの全部『食べられるかどうか』で判断するクセ、よくないよ。それに百合根の旬は冬。おせち料理の材料です」

「ちゃんと見てるのか？　腹黒な上に常時腹ぺこ、じゃ救いようがないぞ」

「ひど～い。ちゃんと見てるし花も好きだけど、ぼんやりしててよくわからないんだもん」

言い訳しながら、再度絵を見る。百合、牡丹、椿、最後にもう一度牡丹。感想は変わらず気の利いたコメントも浮かばなかったが、代わりに額縁に目が留まった。三枚とも同じもので、黒い金属製。枠には細かく凝った彫刻が施されている。

「百合と椿の額縁は埃まみれなのに、牡丹のだけはピカピカ。なんで？」

さくらの言葉に、カメラは牡丹の絵に寄る。正丸は画面に目をこらした。

「本当だ。牡丹の額縁は、枠にもガラスにも埃や汚れがない。でしょ、元加治さん」

「確かに一枚だけきれいですね。どうしてだろう」

「仏子さんは認知症になっても、一番大切な絵は忘れなかったのかも。これだけは手入れをしていたのよ」

閃《ひらめ》き、伝える。今度は正丸たちも賛同して頷いてくれたので、さくらはほっとした。しかし同時に「でも、殺されちゃったら意味がない。しかも、これから家族でこの絵の奪い合いになりそうだし」とも浮かび、切ないような、やるせないような気持ちになった。

3

その後、離れで家族に聞き込みをした。捜査資料通り、みんな仏子さんとは上手くいっておらず、「たまに電話しても説教ばかり」「様子を見に行こうとすると、拒否された」と語り、犯人にも「心当たりはない」と答えた。

そうこうしているうちに時刻は午後二時になり、正丸と相談の結果、元加治は仏子家を出て近くの商店街に向かった。駅前のロータリーの脇にあり、レンガ色のコンクリートブロックで舗装された長さ百メートルほどの狭い通り沿いに、大小の商店が並んでいる。

最初に訪ねたのは、駅に近い寝具店。商店街連合会会長の店だ。名前を南大塚《みなみおおつか》といい、元加治が警察手帳を見せると、すぐに奥から出て来た。三階建ての小さなビルで、一階が店舗、二階と三階が住居のようだ。

「えっ、本店《ホンテン》の捜一《ソウイチ》？　そりゃすごい」

銀縁メガネの奥の目を輝かせ、元加治と斜め後ろで小手指が構えるスマホのレンズを見る。歳《とし》は七十代前半。小柄小太りで、ごま塩頭を五分刈りにしている。「本店」とは警視庁のことで、「捜一」は捜査一課。どれも警察関係者が使う隠語なので、刑事ドラマか警察小説のファンなのかもしれない。狭い店の棚には、布団や毛布などが詰まっている。

「お忙しいところすみません……あ、これは記録用に撮影しているだけなので、お気になさらず」

立てた親指の先でスマホを指して断りを入れ、元加治は質問を始めた。

「被害者の仏子光平さんと、おつき合いはありましたか？」

「もちろん。昔はいろいろ商売をされてて、商店街連合会の初代会長なんです。引退されてからも、相談役として力を貸してくれました。真面目《まじめ》で一本気な方で、面倒見もよくてね。お役所とかガラの悪い連中にも、ズバッとものを言ってくれて、何度助けられたか」

「では商店街のみなさんには好かれていて、人望もあったんですね」

「そりゃもう。だから具合が悪くなってからは、みんなでお世話してたんです。うちが買い物代行で、向かいの電器屋さんが洗濯、とか」

身振り手振りを交え、南大塚さんはハイテンションの早口で答えた。画面越しにその姿を眺め、正丸がコメントする。

「なるほどね。身内にとっては『頑固で気難しい』人も、外の人からすると『真面目で一本気』になる訳だ。人生の機微ってやつ？　ねえ、久米川さん」

しかしさくらは、昼食を食べすぎたのか眠くて仕方がなく、「はあ」と答えるのがやっとだ。店先で話す南大塚たちの後ろには、ワゴンに積まれたかわいくて肌触りもよさそうなイヌやクマの形の抱き枕が映っていて、ますます眠気を誘う。

元加治はさらに質問を続け、仏子さんがトラブルに巻き込まれたり、財産を狙う人物はいなかったか確認したが、南大塚さんの返事は「ないと思う」だった。

続いて、商店街の中ほどにある食堂に向かった。店主は遺体の第一発見者・拝島《はいじま》さんだ。元加治が紺地に白い文字で「きさらぎ食堂」と染め抜かれた洗いざらしの暖簾《のれん》をくぐって店内に入り、小手指も続く。こちらは木造の二階屋で、築四十年以上経っているると思われるが、店先の掃除は行き届き、出入口の引き戸の脇に置かれた鉢植えも活《い》き活《い》きしている。

ランチタイムを過ぎ、店内に客の姿はなかった。手前にテーブル席が三つ並び、奥にはL字形のカウンター、その中は厨房《ちゅうぼう》だ。厨房では六十代後半の女性と、三十代前半の男性が作業していた。

「店主の拝島さんと、息子の秀城《ひでき》さんですね。捜査にご協力下さい」

元加治が挨拶すると、拝島さんは、

「また？　事件のことなら、もう何度も話したわよ」

と薄い眉をしかめたが、秀城さんは、

「わかりました。ちょっと待って下さい」

と応え、洗い物をやめてエプロンで手を拭《ふ》いた。顔は似ていないが、ひょろりとした体つきはそっくりな親子だ。店の中も古びているが清潔で、木のテーブルとカウンターはピカピカ。厨房の中も整理整頓されているようだ。

「お二人は、仏子さんに食事を届けていたそうですね」

元加治の問いかけに、秀城さんは頷いた。茶色の髪に、白いタオルで鉢巻きをしている。

「ええ。毎日じゃないけど、おにぎりとか惣菜《そうざい》とか。三日前の朝もそうで、玄関のチャイムを押したら返事がなくて戸のカギも開いてたから、心配で中に入ったんです。そうしたら、仏子さんが倒れてて部屋もめちゃくちゃになってました」

「『泥棒だ』って、急いで電話しようとしたものの、警察と救急どっちにしていいか迷っちゃって。結局、救急にしたけど」

ぶっきらぼうながら拝島さんも補足し、リモコンを取って客席の天井近くの棚に載ったテレビを消した。

「仏子さんがなにか言い残したり、犯人を見たりはしませんでしたか？」

「残念ながら。もう亡くなってたみたいだし。元気な頃はしょっちゅう店に来て、僕らのことも気にかけてくれてたんで、ショックでした」

秀城さんは赤いTシャツの肩を落とし、小さく丸い目を伏せて返した。拝島さんも言う。

「ホント、いい人でみんなに好かれてたの。必ず犯人を捕まえてね」

元加治は拝島親子にも、仏子さんのトラブルや容疑者の心当たりを訊ねた。しかし答えは南大塚と同じで、「思い当たらない」。

礼を述べ、元加治たちは店を出た。スマホの画面に見入っていた正丸がコメントする。

「いいお店だね。きっと料理もおいしいよ。今度家族で食べに行こう、っと」

「なんでおいしいってわかるんですか?」

あくびをしながらさくらが問うと、待ち構えていたように喋《しゃべ》りだした。

「建物はボロいけど、中はピカピカだったでしょ。それに冷蔵庫やオーブンなんかの厨房機器とエアコン、テレビは新しいし、客席の椅子も背もたれと座面のビニールレザーを最近張り替えた形跡があった。お客さんを第一に考えて、『実《じつ》』にお金をかけてるってことだよ。そういう店で出すものは、絶対においしい……『よく見てるな』って感心したでしょ。ほら、うちの嫁って主婦目線って言うの? こういうチェックが厳しくて、僕にもうつっちゃったんだよね」

「ははあ」

感心はしたが、主婦目線というより「姑《しゅうとめ》チックな重箱の隅つつき」な気がしなくもない。

「で、どうします？」

元加治が訊いてきた。小手指に横顔を撮影されながら、商店街を歩いている。答えを求め隣を見た正丸だが、さくらに肩をすくめられ、うろたえ気味に返した。

「困ったねえ。仏子さんにはこれといったトラブルは見当たらず、犯人の目撃者もなし。家族は折り合いは悪くてもみんな裕福そうで、盗みに入る動機はゼロ。商店街の人は？」

「仏子さんととくに親しかった南大塚さんと、第一発見者の拝島親子はアリバイを調べてます。南大塚さんは事件の晩、家族旅行で箱根《はこね》にいました。拝島親子は店のそばのマンション住まいですが、玄関の防犯カメラの映像で事件発生時には自宅にいたと確認済み。つまり、どちらも無実《シロ》です……まあ、よくある金持ち狙いの強盗事件って感じだし、犯人はたぶん常習犯。僕が推理するまでもなく、解決するんじゃないですか」

最後は面倒臭げな口調になり、元加治は振り向いてこちらを見た。

「推理を頼まれたのは、私なんだけど」ついムッとして、元加治を見返したさくらだったが、発言はもっともで同意見だ。それが伝わったのか、正丸は、

「そりゃそうなんですけど。でもほら、なんかあるでしょ、なんか」

と言い、スマホを置いて立ち上がった。考えを巡らせているのか、机の周りをうろうろする。さくらは机の上のスマホを取って画面を覗いた。やり取りしているうちに仏子家に戻って来たらしく、元加治の肩越しに立入禁止の黄色いテープが見えた。

「あの人は？」

さくらの視線を追い、元加治は顔を前に向けた。テープを持ち上げ、誰かが敷地の中に入ろうとしている。

「すみません」

元加治が小走りで仏子家に向かう。小手指も駆けだし、画面が上下した。目が回りそうで、さくらはスマホを遠ざける。席に戻った正丸が、脇から画面を覗き込んだ。

その人物はテープをくぐる動きを止め、駆け寄って来た元加治を振り返った。二十《はた》歳《ち》過ぎぐらいの男性だ。元加治が警察手帳を見せる。

「仏子さんのご親族ですか？　お名前は？」

「孫の仏子貴大《たかひろ》です」

面くらい、貴大さんはテープを放して元加治とスマホのレンズを見た。たぶん、さっき縁側の外に来た男性の息子だ。でっぷりとした体は父親譲り、頬骨の張り具合は祖父似か。

「葬儀の準備に来られたんですか」

「はい、父に呼ばれました。でも、大学のテストで遅くなっちゃって」

口調ははきはきとして、丁寧。だが身につけているのは、胸に髑髏《どくろ》のイラストが描かれた黒いＴシャツとダメージ加工されたジーンズ、ごついブーツ。しかも生白く太い首には、派手なデザインのシルバーのネックレスを重ねづけし、左右の手には指なしの黒いレザーグローブをはめている。おまけに毛先を遊ばせた髪は、金色に近いライトブラウンだ。

「不幸があったっていうのに、その格好はないでしょ。非常識すぎる」

さっそく、正丸が反応した。声の大きさに眠気が吹き飛び、さくらも言う。

「しかも、全然似合ってないし」

二人の声がスマホのスピーカーから聞こえたのか、貴大さんは怪訝《けげん》そうにこちらを見る。

「そのグローブ、カッコいいね」

唐突に元加治がタメ口で話題を変えた。意図が読めず、さくらと正丸は口をつぐみ、貴大さんはきょとんとした。カメラのレンズだけが動き、貴大さんの右手を映す。

「どこで買ったの？　俺もそういうの、欲しかったんだ」

さらに語りかけられ、貴大さんは困惑したように両手を腰の後ろに回した。

「見せてくれるかな。ちょっとでいいから」

親しげに告げ、元加治は脇から貴大さんの手を覗こうとした。とたんに、貴大さんが動いた。元加治を突き飛ばし、通りを商店街とは反対方向に走りだす。

「待て！」

元加治が鋭く叫び、

「はっ！」

と、小手指が応える。同時に映像が大きく揺れ、ぼやける。どん、とくぐもった音がして、ばたばたという足音が遠ざかって行った。

「おい！」

また元加治が叫び、画面に彼のものと思しき手のひらがピンぼけで大写しになった。スマホを元加治に押しつけ、小手指も駆けだしたようだ。遠くで足音がして、どすん、ばたんという物音が続く。

「えっ、なに。何ごと⁉」

さくらの肩をつかみ、正丸が騒ぐ。元加治も駆けだす気配があり、物音はだんだん大きくクリアになった。両手でスマホを持ち、さくらも言う。

「元加治くん！」

と、画面を覆っていた手のひらが外れ、元加治の顔が映し出された。口を開けて荒く呼吸し、肩も上下している。

「大丈夫だ」

短く返し、レンズを下に向ける。

まず黒いアスファルト、次いでその上にうつ伏せに倒れて重なり合う、二人の男性が目に入った。下は頰をアスファルトにめり込ませるようにして顔をしかめ、手をバタつかせる貴大さん。上は彼の手を押さえ込み、脱げかけた制帽の下からこちらを見上げる小手指。

「見ろ」

元加治は、カメラを貴大さんの右手に近づけた。画面にスーツのジャケットに包まれた元加治の腕が現れ、小手指は貴大さんの手を押さえていた指を下にずらす。現れたのは、黒いレザーグローブ。元加治はその下端をつかみ、捲り上げる。露《あら》わになった肉付きのいい白い手の甲には、大判の絆創膏《ばんそうこう》が貼られていた。

「やめろ！」

貴大さんの叫びを無視し、元加治は絆創膏を剝《は》がした。

「あっ！」

さくらと元加治が同時に声を上げ、元加治は満足げに鼻を鳴らした。

貴大さんの手の甲には、筋状の引っ掻きキズが三本、くっきりとついていた。

それから、元加治は警視庁から乗って来た車に貴大を乗せ、事情聴取をした。初めは泣きじゃくるだけだった貴大だが、落ち着くにつれぽつりぽつりと話しだした。

会社社長の父親が建てた都内の豪邸に住み、大学に通いながらパソコンやゲーム、アニメグッズ等、買い物三昧《ざんまい》。典型的なオタク系ボンボンの貴大だったが、半年ほど前からオンラインカジノにはまり、消費者金融に二百万円を超える借金を作ってしまった。親に相談しようと思ったが、幼い頃からトラブルメーカーで父親に「今度なにかやらかしたら、勘当する」と通告されていたため、言い出せない。

そこで四日前の夜。仏子さんを訪ね、借金を申し込んだ。ぼんやりしていた仏子さんだが、貴大がオンラインカジノの件を伝えるなり正気を取り戻し「甘えるな！」と一喝、貴大を追い返そうとした。一方「盆栽やら壺やらにつぎ込む金はあるくせに！」と貴大もキレ、つかみかかると仏子さんに熊手で反撃された。カッとなって首を絞め、気づいた時には仏子さんは事切れていた。貴大は焦り、居間と寝室から現金と腕時計、指輪とネックレスを奪い、逃走した。興奮状態だったため、熊手でケガをしていると気づいたのは、帰宅後だった。

「その後、遺体が発見され、親に仏子家に行くように言われた。行かなきゃ怪しまれるし、行けば手の甲の傷で犯行がバレるかもしれない。思案の末、『レザーグローブで傷を隠し、他のアイテムも加えて〈ワイルド系のファッション好き〉を装った』そうだ」

スマホを手に話し、元加治は車に寄りかかった。事情聴取を終えて所轄署に連絡、到着を待つ間にさくらたちに事の成り行きを報告してくれている。画面の端には、車の後部座席でうなだれる貴大と、隣に座る小手指の姿も見えた。

「ワイルド系か。考えたねえ……でも元加治さん、よく見破りましたね。身柄確保までの流れも、お見事でした」

感心して、正丸が返す。自分の席に戻り、スマホを持っている。

ふっ、と笑い、元加治はジャケットのポケットから葉巻を出してくわえた。

「すぐにピンと来ましたよ。服もアクセサリーも全部新品で、やっつけ感バリバリ。しかも全然似合ってなくて、本人のキャラとも乖離《かいり》しまくりでしたから」

「先に『似合ってない』って気づいたのは、私なのに。身柄確保だって、がんばったのは小手指さんで、元加治くんは『おい！』って言っただけじゃん」

鼻高々な態度がカンに障り、さくらが呟く。たちまち、元加治は顔を険しくした。

「なんだ、文句あるのか？」

「別に……その葉巻、元加治くんがくわえてるとチョコにしか見えない。子どものおやつ、みたいな」

「子どもって言うな！」

　口から葉巻を引き抜き、いきり立つ。「まあまあ」と二人をなだめ、正丸は小手指にも賛辞と感謝の言葉を伝える。「光栄であります！」と車中から敬礼を返した小手指は、さっき聞いた話では、高校時代は陸上の短距離選手で県大会で入賞した経験もあるという。

「あれ、でも」

　ふと思い出し、さくらは顔を上げた。元加治と正丸も視線を動かす。

「いま元加治くん、貴大さんが持ち出したのは『現金と腕時計、指輪とネックレス』って言ったわよね。古美術品は？」

「何度も確認したが、貴大は『かさばるし換金が面倒臭そうだから、古美術品には触れてない』と言い張ってる」

「そうかな。小判や印籠ならバッグにしまえるし、ネットオークションとかお金に換える方法もあるわよね」

「うんうん。罪を少しでも軽くしよう、って悪あがきでしょ。取り調べが始まれば、明らかになるよ……とにかく、犯人は捕まったし一件落着。予定通り秋祭りができるよ。元加治さん、ありがとうございます。久米川さんも」

画面に向かって正丸が一礼し、さくらにも満面の笑みを向ける。

「いいえ。私はなにもしてないし、古美術品の件がまだ」

「いいから。明日、必ずキウイを持って来るね。奮発して、デパ地下で旬のフルーツ盛り合わせを買っちゃおうかな」

と告げられると胸のもやもやは吹っ飛び、歓声を上げて席を立った。

間もなく所轄署の捜査員が到着し、元加治は正丸との通話を終えた。「偶然現場の前を通り、不審者に声をかけたら犯人だった」ということにして貴大の身柄を引き渡すらしい。

ドアが開き、秋津が業務管理課に戻って来た。なぜか看護師のユニフォームのままで、たくさんの名刺とメモをトランプのように広げて片手に持ち、顔をあおいでいる。ドラマのスタッフから渡された連絡先だろう。

「お疲れ〜。ねえねえ、聞いてよ」

秋津が席に着くやいなや、正丸は仏子家の事件について語りだした。一方さくらは、机の上のものを引き出しに放り込み、パソコンの電源も落として帰り支度を始めている。

時刻は間もなく午後五時。元加治との通話を終えた後、上機嫌の正丸が「お礼に、残った仕事は僕がやるよ」と申し出てくれたので、ありがたく受けることにした。

バッグを膝に載せ、終業のチャイムが鳴るのを待ち構えていたさくらだったが、ふと思い出して向かいを見た。正丸の話をふんふんと聞いている秋津に、問いかける。

「私のキウイ、覚えてます？　課長が冷蔵庫に入れたら、一日でグズグズになっちゃって」

「残念だったわね。リンゴを食べたら？」

さして残念でもなさそうに返し、手のひらで首筋の後れ毛を押さえる。

「リンゴって？」

「言ってなかった？　一週間ぐらい前に、青森の知り合いが送ってくれたのを冷蔵庫に入れたの……昨日のことみたいに目に浮かぶわ。あの雪景色、お国言葉。『オラがお勤め終えて出て来たら、一緒になるべ』」

無表情の遠い目だが、最後の台詞だけは低くかすれた声になり臨場感たっぷりだ。

「『お勤め』に『出て来たら』って、どんなシチュエーションの雪景色？」そう突っ込みたくても突っ込めず、さくらが黙っていると、正丸が立ち上がった。

「冷蔵庫？……おやおや」

呟きながら冷蔵庫の前に行き、ドアを開ける。取り出したのは、大きな紙袋だ。口を開けて振り向き、中身を秋津に見せた。赤く艶《つや》やかな大玉のリンゴが、たくさん入っている。

こくりと、秋津が約十度に傾けた首を縦に振った。

「そう。それ」

「やっぱり！　久米川さん、わかったよ。犯人はこれだ」

紙袋を抱え、正丸が駆け寄って来た。さくらがぽかんとすると、こう続けた。

「リンゴはエチレンガスっていう、果物や野菜の生長を促すホルモンを発生するんだ。そのせいで、僕が隣に入れたキウイの熟成が早まってグズグズになっちゃったんだよ」

「聞いたことあるわ。花の近くに置くと、開花が早まるのよね」

「なら、ひとこと言ってよ。もう、秋津さんてば～」

「ごめんなさい」

事件の解決がよほど嬉《うれ》しかったのか、正丸はまだハイテンションだ。一方さくらはキウイの惨状を思い出し、治まったはずのムカムカが蘇《よみがえ》る。

「原因は、冷蔵庫の中に秋津さんがリンゴ、正丸さんはキウイを入れたこと……つまり、一つの事件に二つの犯罪」

恨みがましく話をまとめると、正丸は眉を寄せて笑った。

「ちょっと、やめてよ。『犯罪』ってそんな、人聞きの悪い」

さくらの肩に手を載せ、前後に動かす。がくがくと頭が揺れ、さくらは抗議しようとした。とたんに、頭の中で明るく激しく、火花が散った。脳震盪《のうしんとう》かと思ったが、そうではない。いつものスパークだ。

なんで今さら？　疑問が浮かび、それに答えるように、さくらの頭にスマホの画面に映し出された映像と音声が浮かんだ。

仏子家の居間に並ぶ、高そうだが埃まみれの古美術品。一枚だけ額縁がピカピカな、玄関の牡丹の絵。「親父も『家宝だ』って自慢してたし」という男性の声、貴大と拝島親子の顔。そして最後に、元加治の「つまり、どちらも無実《シロ》です」という言葉と、アーバンでもアダルトでもないが、引き締まって凛々《りり》しい横顔。

迷わず、さくらはバッグを椅子に置いて立ち上がった。

「僕としたことが。迂闊《うかつ》でした！」

硬い口調で言い、空《くう》を見る。

「僕？　……あ、いつもの『他人《ひと》の名台詞』ね。でも、なんで？　事件は解決したのに」

「テレビドラマ『相棒』より。言ったのは水谷豊《みずたにゆたか》演じる主人公、杉下右京《すぎしたうきょう》警部」

正丸の問いかけと秋津の解説を聞きながら、さくらは身を翻しバッグに手を突っ込んでスマホを探した。

4

一夜明けた、午前十時前。

さくらは、警視庁庁舎二階の吹き抜けにある渡り廊下を歩いていた。下はエントランスロビーで、壁際の警備の警察官が見守る中、大勢の人が行き来している。突き当たりの正面玄関の向こうには、大きな事件があったのか、取材のマスコミ陣が集まっている。慌ただしく物々しいが、さくらにとっては見慣れた風景だ。

前方に、元加治の姿を見つけた。廊下の手すりに寄りかかり、ロビーを見下ろしながらスマホを耳に当てている。近づいて行くにつれ英語で通話中とわかったが、不服そうに眉をしかめ、口も尖らせてなにやら訴えている。

「おはよう」

立ち止まって声をかけると、元加治はぎょっとして、相手に「後でかけ直す」的な言葉を告げ、通話を終えた。

「おう。昨日はお手柄だったな。電話で『現場に戻って』って言われた時には、『ケンカ売ってんのか?』と思ったけど」

スマホを手に捲し立て、届け物の茶封筒を胸に抱えたさくらを見る。

「ニュースで見たけど、仏子さんを殺したのは貴大さんで間違いないのよね」

「ああ。それは昨日の自供通りだ。拝島親子が遺体を見つけ、通報したって流れもウソじゃない。しかし、あの親子には裏があった。食事を届けに行くうちに仏子さんの古美術品に気づき、こっそり盗み出してはトランクルームに隠し、換金していたんだ。で、その金で店の厨房機器やエアコンなど、ぱっと見には気づきにくい大型設備を買ってた、って言うんだからタチが悪いよな。しかも犯行はエスカレートして、十日ほど前にはついに家宝の牡丹の絵に手を付けやがった。ところが、売り飛ばす準備をしていたら事件が発生。『親族が家に来たらバレる』と、救急車を呼ぶ前にトランクルームに絵を取りに行き、玄関に戻したんだ」

「だから、一枚だけ額縁がピカピカだったのね」

「その通り。拝島親子はゆうべ重要参考人ってことで所轄署に引っ張ったが、秀城のパソコンから古美術品を売った業者とやり取りしたメールが見つかったらしいし、じきに逮捕されるだろう。お前の推理通り、『一つの事件に、二つの犯罪』だった、って訳だ」

「額縁の埃の件は、うっかりしてたけどね。それはそうと、正丸さんを知らない？まだ来てないの。昨日は『僕のキウイの失敗が、真相究明につながったんだよね』とかますますテンションを上げてたし、フルーツ盛り合わせの件を忘れてるんじゃないか、って気が気じゃなくて」

問いかけて、さくらはロビーを見下ろした。元加治は肩をすくめ、さくらの顔を覗き込む。

「知るかよ。それより、今回は半分は俺の手柄だからな。俺だってやる時はやる、ってわかったろ？　その証拠に、最近外部からのヘッドハンティングがひっきりなしなんだ」

最後は囁き声になり、周囲を見回す。無視して、さくらがポケットからスマホを出していると、元加治は身を乗り出し、さらに顔を覗き込んできた。

「信じてねえな？　この前は、なんとFBIから誘いが来た。さすがに気持ちが動いて、面接だけでも受けようと思ってたら、『なかったことにしてくれ』だと。ムカついて、文句を言ってやったところだ」

さっき通話していた時と同じ顔になり、スマホをこちらに向ける。反射的に目が動き、さくらは画面を見た。

メールのようで、英文が表示されている。意味不明だが、中ほどの一文『You look like a child』だけはわかった。意味は「子どもに見える」。それが「なかったことに～」の理由か。

昨日「子どものおやつ」呼ばわりしたばかりなので、あまりのタイムリーさに噴き出しそうになったが、さすがに気が引ける。手のひらで口を押さえ、俯いて必死に笑いを堪《こら》えるさくらに、元加治はわめいた。

「な、なんだよ。笑いたきゃ、笑え。この腹黒子ブタが！」

「元加治くん、フルーツの盛り合わせが来たら分けてあげる。大サービスで、キウイを半分。ブドウも三粒つけちゃう。持ってけ、泥棒」

「気安く背中を叩《たた》くな。誰が泥棒だ！」

「はいはい。じゃあ、カキ四分の一個も追加。ついでに冷蔵庫のリンゴも」

「そういう問題じゃねえよ！」

笑うさくらを見下ろし、元加治は怒った。そんな二人を、廊下を歩く人が怪訝そうに眺めていく。正面玄関のガラスのドアからは、明るい日差しが射し込んでいる。残暑は、まだしばらく続きそうだ。

第三話　容疑者!?　さくらちゃん

がしゃん、と留置場の扉が閉まった。

久米川《くめがわ》さくらは扉の内側に張られた金網と鉄格子越しに、呆然《ぼうぜん》と廊下に立つ若い警察官を見た。女性専用の留置場なので、担当官も女性。黒く長い髪を無造作に後ろで束ね、濃紺の制帽と制服を身につけている。

担当官は目を伏せ、無言無表情で扉にカギをかけて廊下を歩きだした。ローヒールのパンプスが白いビニールタイルの床を打つこつこつという音が、耳に届く。他《ほか》に留置されている人はいないのか、しんとして他にはなにも聞こえない。

「え？　なんでこうなるの？」

足音が廊下の奥に消えた時、さくらは呟《つぶや》いた。頭はまっ白なままだ。ただ、床に敷かれたベージュのカーペットがストッキングの足の裏に当たり、ちくちくした。

1

約一時間前、午前十時過ぎ。さくらは警視庁庁舎十階の給湯室にいた。

「とうっ！」

かけ声とともに、さくらは包丁を振り下ろした。固く湿った手応えがあったが、包丁はダイコンの太い首に横向きに半分ほど刺さっただけで、切れない。抜いてから再度切ろうとしたが包丁は抜けず、四苦八苦していると後ろで正丸《しょうまる》の声がした。

「ちょっと、なにやってんの」

「これ、固すぎですよ。包丁は切れないし」

返しながら身を引き、手元を見せる。ステンレスのシンク脇の調理台に包丁が刺さったままのダイコンが載ったまな板と、先に切り終えたニンジン、白菜、長ネギなどの野菜が入ったボウルが置かれている。野菜はどれも大きさがまちまちで形もいびつ。

「適当にやりました」感満載だ。

呆《あき》れ顔で、正丸はお玉で大鍋の中の豚汁をかき回す手を止め、コンロの火を細めた。来客用のカップなどを収めた棚の上にカセットコンロを載せて、臨時の調理台にしている。さくらの隣のシンク前には秋津《あきつ》が立ち、首を約十度に傾けたままピーラーで野菜の皮を剝《む》いている。三人とも、制服の上に白い割烹着《かっぽうぎ》という格好だ。今日の業務管理課の仕事は、職員の柔道大会に差し入れする豚汁づくり。大会は庁舎最上階の十七階で、朝早くから開催されていた。

「野菜は繊維に沿って切る。家庭科の授業で習ったでしょ」

正丸がこちらに来る。代わりにさくらは鍋の前に行き、狭い空間で小太りな二人が、背中を擂《す》り合わせるようにしてすれ違った。

「覚えてませんねえ。調理実習は、試食係専門だったし」

お玉を取り、湯気の立つ豚汁をかき混ぜる。大会の出場者の他、審判や応援の職員などの分もあるので、鍋三つ分つくらなくてはならない。一つ目のこれはほぼ完成していて、味噌《みそ》味の汁にいい具合に煮込まれた豚肉と野菜類が浮いている。見た目はもちろん香りもよく、たちまちさくらのお腹《なか》はぐう、と鳴った。気配を察知したのか、正丸が振り向いた。

「『試食』という名の『つまみ食い』でしょ。それはダメだからね。ほら、よく見て」

言いながら、包丁を握った手をリズミカルに動かし、ダイコンを切り分けていく。

割烹着の腕には、アームカバー。花の形に編んだカラフルなレース糸のモチーフをつなげたもので、娘さんの手作りだという。かわいらしく網目もきれいで、正丸は「汚れると困るから」と左右のアームカバーをラップフィルムでぐるぐる巻きにしている。

「本末転倒」という四字熟語が、さくらの頭をよぎる。

正丸に促され、さくらが再び包丁を握った時、秋津が首を回して二人を見た。

「ニンジンが足りないかも」

「じゃあ、食堂でもらおう。久米川さん、よろしく」

「えっ、私？」

「大丈夫。連絡しておくよ。お昼までに完成させなきゃいけないんだから、急いでね。ついでに、今日の日替わりランチのメニューを訊《き》いてきて」

と正丸に背中を押され、給湯室を追い出された。

仕方なく、廊下をエレベーターホールに向かった。乾いてひんやりした空気が、コンロの熱で火照《ほて》った頰《ほお》に気持ちいい。すれ違う人が振り向いたり、立ち止まったりしてこちらを見るのは、割烹着姿だからか。秋も深まり、朝晩はかなり寒くなってきた。庁舎内にエアコンが入るのも、もう間もなくだろう。

少し歩き、前方の人だかりに気づいた。エレベーターホール脇の壁には掲示板があり、そこに貼《は》られたものを見ているようだ。

「なにかあったんですか？」

人だかりの後方に知った顔を見つけ、問いかけた。総務部の別の課にいる若い男性で、背が高く頭を五分刈りにしている。

振り返ってさくらをちらりと見、男性は答えた。

「ひと月ぐらい前から、庁舎の中で物が壊されるようになったでしょ。その告知」

「ふうん」

背伸びをして、さくらは制服やスーツ姿の男女の間から掲示板を見上げた。

白く大きな紙に、三枚の写真が貼られていた。一枚目は廊下の「警察官募集！」ポスターだが、下半分が引き裂いたようになっている。二枚目は一般市民が庁舎の見学ツアーに来た時に案内される資料の展示室、「警察参考室」で、歴代の警察手帳や階級章などを収めたガラスケースに、大きなヒビが入っている。そして三枚目は、エントランスホール。隅に置かれた樹脂製のピーポくん像なのだが、頭から黒いペンキを浴びせられていた。写真の脇にはそれぞれの被害の詳細と、「発見時刻や防犯カメラの死角を狙っていることから、外部の者の犯行とは考えにくい。被害がやまない場合は、刑事部が捜査する」という文章が添えられていた。

「ひどいですねえ。イタズラ?」

「にしちゃ、やりすぎっていうか悪意が感じられるよね」

「ストレスの多い職場だし、みんななにかしら抱えてますからねえ」

ため息交じりにコメントするさくらを、男性が「お前が言うな」という目で見る。

エレベーターが到着したので、

「失礼しま〜す」

と挨拶して乗り込んだ。

ドアが閉まり、カゴは下降を始めた。他に乗っている人はいない。奥の壁に背中を預けてほっとしたとたん、あくびが出た。

私だって仕事の無茶ぶり、とくに「残業しろ」って言われた時にはイラッとするし、どこかにぶつけたくなるけど。

ぼんやりしながら、いま見た貼り紙について考える。でも、自分がやるならもっとスケールが大きくて笑えるものがいい。

たとえばそう、残業を命じた部署に大量のカミキリムシを放つとか？　大事な書類を囓《かじ》られて、大パニック……ちょっと気持ち悪いか。なら、ヤギだ。かわいいし、集めるのもカミキリムシより簡単そう。

メエメエと鳴きながらむしゃむしゃと書類を食《は》み、オフィスを歩き回ったり走り回ったりするヤギたちと、悲鳴を上げて逃げ惑うどこかの部署の職員。想像し、うくく、と笑ってしまったさくらだったが、別のことも頭に浮かんだ。

「でも、貼り紙の文章。あれって要は、『犯人は警視庁の職員または関係者。いい加減やめないと、逮捕しちゃうぞ』って意味よね」

ぶつぶつ呟いていると短いチャイムが鳴り、エレベーターのドアが開いた。

ドアの外には蛍光灯が並ぶ配管むき出しの天井と、等間隔で奥までずらっと並んだコンクリートの柱、中央にまっすぐ延びる灰色の通路。

「あれ？」

足が勝手に動き、外に出る。同時に、冷えて湿った空気と排気ガスの臭《にお》いを感じた。

食堂は、警視庁庁舎と隣接する警察総合庁舎の地下一階にある。行くには三階に降り、総合庁舎への連絡通路を渡らなくてはならないのだが、間違えて庁舎地下一階の駐車場に来てしまったようだ。

戻らなくては、と振り向いた時にはドアは閉まり、カゴは動きだしていた。急いで昇りの呼びボタンを押したが、ここにはエレベーターは一基しかないので戻って来るには時間がかかりそうだ。

「失敗失敗。でも、他にもエレベーターはあるし」

自分で自分をフォローし、さくらは通路を進んだ。人気《ひとけ》はないが、通路の奥から話し声と車のエンジン音が聞こえる。

通路の左右に並ぶ柱と柱の間には、たくさんの車が停《と》められていた。ルーフに赤色灯を載せたパトカーの他、捜査車両と思《おぼ》しき白やシルバーの乗用車、幹部が乗る黒塗りの高級車などもあり、どれもピカピカだ。それぞれ乗務する部署の職員が洗車をしているのだが、人手が足りなくなるとさくらたちも駆り出されることがあり、それもなぜか真夏と真冬が多い。ゆえに、あまりいい印象はないが他に見るものもないので、つい眺めてしまう。

三十メートルほど進み、さくらは足を止めた。前方右手の柱の脇に、一台のワゴンがある。ボディはライムグリーンに塗られ、フロント部分には両手を広げて明るい笑顔、だが上を向いた目はどこか虚《うつ》ろ、なピーポくんのイラストが描かれている。子ども向けの交通安全教室などに使う広報車で、内部には大きな棚や折りたたみ式のテーブル、液晶モニターなどが装備されている。こちらも窓とフロント部分はピカピカで、埃《ほこり》や泥などはついていない。しかし、脇の部分がおかしい。

さくらはワゴンに近づいた。隣に停められた車との間の通路に入り、ワゴンの脇を覗《のぞ》く。

こちらにも笑顔で両手を広げたピーポくん、加えてその弟と妹が描かれている。そのイラストに真っ赤な、カラースプレーと思しき塗料が吹き付けられ、手と耳の先しか見えない。ボディの下部には、蹴飛ばしたようなへこみもあった。加えて、タイヤは前輪・後輪ともパンクしている。

驚き、さくらは反対側の脇に廻《まわ》った。思った通り、こちらもピーポくんたちには塗料が吹き付けられ、タイヤもパンクしている。

「うわ、ひどい……これって、もしかして」

呟いた時、さっきまでいた通路で人の気配がした。

「おい！　なにしてる」

はっとして振り向くと、若い男性が一人。帽子はかぶっていないが、肩章と腕章つきの水色のワイシャツに濃紺のスラックスの制服姿。左腕に白と緑の横縞《よこじま》の腕章を装着しているので、交通部の職員だろう。

「ちょうどよかった。見て下さい」

ワゴンのボディを指し、さくらは身を乗り出した。するとなぜか男性は顔を険しくし、腰を落としてファイティングポーズを取った。

「動くな！　凶器を捨てて出て来い」

「は？　凶器？」

訳がわからず、男性を見返した。日焼けした四角い顔。小さな目はさくらの右手を見ている。

つられて、さくらも自分の右手に視線を向けた。包丁。刃渡りは、十五センチほどあるだろうか。業務管理課の備品で、正丸曰《いわ》く「僕が時々家で研いでるから、キレっキレだよ」。

「やだ、違います。いま十階《うえ》で豚汁つくってて、うっかりそのまま持って来ちゃって」

そうか。だから、廊下で会った人が見てたんだ。納得しながら、体の前で右手を横に大きく振る。それを誤解したのか、男性は声を裏返してさくらを睨《にら》んだ。

「やめろ！　抵抗するな」

「だから、違いますって」

「どうした!?」

「大丈夫か！」

通路の奥から、複数の男性の声と足音が近づいて来た。首を回し、男性は叫んだ。

「不審者！　刃物を所持!!」

「えっ、ちょっと。不審者って」

ぎょっとして、さくらは包丁を隣の車のボンネットに置いた。一斉に男性と、それに続く人影が動き、ワゴンと隣の車の間に駆け込んで来た。

「ふ～ん、なるほどねえ。こうなってるんだ」

正丸が言った。鉄格子に頬を押しつけるようにして扉に顔を近づけ、さくらの肩越しに部屋の中を眺めている。縦長で、広さ三畳ほど。扉の手前にステンレスの小さな洗面台と、覗《のぞ》き窓つきの白い壁に囲まれたトイレがある。

「庁舎の三階に留置施設があるのは知ってたけど、手前に電動扉とかあって、おいそれとは近づけないからさ。でも、そう悪くないんじゃない？　冷暖房完備でしょ？　広さだって、うちの娘たちの部屋と大差ない——ちなみに、トイレは自動洗浄機能つき？」

「知りませんよ、入ってないし」

扉の前に立ち、さくらはつっけんどんに返した。正丸の隣には秋津もいて、二人ともさくら同様、割烹着を脱いで制服姿だ。

胸の前に上げた両手をなだめるように上下に振り、正丸は返した。

「まあまあ。でも驚いたよ。戻って来ないな、と思ってたら、『久米川さんが駐車場の車にイタズラした上、凶器を振り回してる』って連絡があって」

「私はなにもしてません。なのにこんな所に入れられて、さっき来た刑事課の人には『ポスターを破いたり、ガラスケースにヒビを入れたりしたのもお前か？　いま別の事件を抱えてるから、取りあえずここに入ってろ』とか言われちゃって」

「わかってるよ。だからこうして来たんじゃない。本当はダメなんだけど、秋津さんのコネで潜り込めたんだよ」

言われて、さくらは秋津を見た。気だるげに首を傾け、長く艶《つや》やかな髪を掻《か》き上げる。

「コネっていうか、貸金庫のカギを一つ開けて、中身のコピーをしかるべき筋にファックスしただけ」

言いながら、スカートのポケットからキーホルダーを取り出して見せた。シャネルのブランドロゴをかたどったものだが、キーリングには、頭の部分が丸い小さなカギがぎっしりと並んでいる。

「どんだけ金庫を借りてるんですか。『しかるべき筋にファックス』って、機密書類？スキャンダル画像？　どのみち脅迫？」突っ込みと疑問の嵐だが、口に出す余裕はない。

二人に頭を下げ、さくらは続けた。

「ありがとうございます。とにかく、ここを出たいんです。本当になにもしてないし、お腹の空《す》きっぷりからして、じきにお昼休みですよね？　今朝、来がけに秋サバのバッテラを買ったんです。涼しくなったとはいえ、早く食べないと」

「なら、真犯人を捕まえなきゃ。もちろん、僕らは無実を信じてるけど、日頃の行いが行いだしねえ……大丈夫。二人で動くから、久米川さんはいつもみたいに謎解きをして」

「そう言われても」

机の引き出しに入れたバッテラが頭に浮かび、空腹を覚えるのと同時に不安が募る。ため息をつき、秋津はキーホルダーをポケットに戻した。

「現時点でわかってるのは、被害は『警察官募集！』のポスターと警察参考室のガラスケース、ピーポくんの像、さっき久米川が見つけた駐車場のワゴン。あとは、犯人は警視庁の職員か関係者、ってこと。どう？　思い浮かぶことはない？　共通するものとか、疑わしい人とか」

「う〜ん。さっき事件を『イタズラにしちゃ、やりすぎっていうか悪意が感じられる』って言った人がいるんですけど、私も同感です。思いつきじゃなく、はっきりした目的を持ってやってるような。でも、共通するものっていうのは」

　頭の中からバッテラを追い出し、掲示板に貼られていたポスターやガラスケースの写真と、無残に赤い塗料を吹き付けられたワゴンのピーポくんのイラストを思い浮かべた。

　どれも金銭的な価値はあまりない。でも外部の人に見せるものなので、説明やスケジュール調整など、対応する人は大変そうだ。

「対応する人？……課長。ひょっとして被害に遭った物って、管理してるのは同じ部署だったりしません？」

　金網越しに顔を覗くと、正丸はぱっ、と目を輝かせた。

「おっと！　追い込まれると頭が冴《さ》えるね。そうだよ、確かに四つとも広報課の管轄だ。でしょ、秋津さん」

「ええ。犯人の狙いは広報課、あるいは課員の誰かかも」

「そうと決まれば……行こう。久米川さん、後で報告に来るから。いやいや、面白くなってきましたよ。僕もこういう捜査みたいなの、やってみたかったんだよね」

　鼻息も荒く告げ、正丸は秋津を引っ張ってその場を離れた。慌てたさくらが、

「よろしくお願いします。あと、できれば悪くならないうちにバッテラをここに」

と金網をつかんで訴えたが、振り返りもせず二人は歩き去った。

2

メインディッシュは、肉じゃが。サイドディッシュは野菜炒《いた》めと、がんもどきの煮付け、お新香。プラスご飯とお茶。

「いいじゃない。ご飯の量がたっぷりなのが、『わかってる』感じ」

正座して、さくらは床の上に置いたアルミトレーを見下ろした。トレーには、黒く四角い弁当箱と緑茶の入ったプラスチックの湯飲み茶碗《ぢゃわん》、箸《はし》が載っている。知らず頬が緩み、そそくさと箸を取って、「いただきます」と一礼し弁当を食べ始めた。

味付けは薄めだが、肉じゃがには牛肉とジャガイモの他にニンジン、タマネギが入っていて、野菜炒めは春雨がアクセントの中華風。がんもどきは煮汁の含み具合、お新香は漬け加減がちょうどいい。

あっという間に食べ終え、さくらはお茶をすすりトレーを脇に避《よ》けた。

「ごちそうさま。これなら毎日食べてもいいな。あれ、でもデザートは？　旬のスイーツ、とまではいかなくても、リンゴかミカンを一、二切れ」

「調子こいてんじゃねえよ」

斜め上からぶっきらぼうな声と、鼻を鳴らす音が降ってきた。お茶を噴き出しそうになったのをかろうじて抑え、さくらは振り返った。いつの間に来たのか、扉の向こうに男が一人。三つ揃《ぞろ》いのダークスーツにチェーンつきの懐中時計という、見慣れたスタイルだ。

「元加治《もとかじ》くん……お祭りの帰り？　誰に連れて行ってもらったの？」

さくらの視線は、元加治が右手に持ったものに注がれている。長さは十センチ足らず。銀と水色の光沢の強い横縞の細い筒の先に、先の丸まった銀色の短い筒が付いている。

「なに言ってんだ、お前」

「その縞々の、夜店で売ってる『吹き戻し』でしょ。筒を口にくわえて吹くとピュ〜ッって音がして、細長い紙の袋が伸びるの」

「アホ。パイプだよ。メタルパイプと言って、金属でできてるんだ。シャープでソリッドなテイストが、ひと味違う大人を演出。もちろん、この間の葉巻同様くわえてるだけだけどな――てか、『誰に連れて行ってもらったの？』って、なんで保護者同伴前提なんだよ」

横向きにしたパイプを鉄格子に押し当て、元加治が騒ぐ。せっかく慣れてきた留置場の静寂が破られ、さくらはうんざりして湯飲み茶碗をトレーに置いた。

正丸と秋津が去って少しすると、弁当が運ばれてきた。時計も窓もないのでわからないが、たぶん庁舎内は昼休み中だろう。

態勢を立て直すつもりかパイプをポケットにしまい、元加治は腰に手を当てて改めてさくらを見下ろした。

「庁舎中で、お前がやらかしたことが噂《うわさ》になってるぞ。でも、思ったより元気そうじゃないか。弁当も完食してるし」

「やらかしてなんていません。偶然、被害に遭ったワゴンを見つけただけなの。いま正丸さんたちが調べてくれてるから」

この後どうなるのか、という不安はあるが、留置場そのものには思ったほどストレスを感じない。もともと狭い場所に閉じこもって、ごろごろするのが好きだからかも知れない。足裏のちくちくにも慣れたし、自宅アパートの何倍もきれいだ。

「知ってるよ。『協力してくれ』って頼まれた」

「ならお願い。ここ、思ったより居心地《いごこち》がいいんだけど、五時以降にいても残業扱いにならないみたいなの。あとはバッテラが」

立ち上がり、顔も近づけて訴える。「やれやれ」と言うように眉《まゆ》を寄せて肩をすくめ、元加治は返した。

「騒ぐなって。状況的には疑われても仕方がないが、お前に人気《ひとけ》がなくなるのを見計らって現場に行き、防犯カメラの位置と角度を計算して犯行に及ぶ、とか絶対無理だからな」

「イエス！　その通り」

「声がデカい……とにかく、正丸さんたちは個々の事件を調べてて、俺は広報課に探りを入れてみた。最近、あそこで新しい主任主事が任命されただろ」

「知らない。興味もないし」

「そう言うと思ったよ。ほら」

元加治は腕を後ろに回し、スラックスのポケットから二つ折りにしたなにかを取り出した。Ａ４サイズの薄い冊子で、表紙は東京の夜景。傍らに警視庁の紋章、通称

「桜の代紋」が配され、「この都市《まち》を、守る」というコピーもある。職員採用のパンフレットだ。

元加治はパンフレットを捲《めく》り、中ほどのページを開いて鉄格子に押しつけた。

若手職員の仕事ぶりを紹介するコーナーらしく、右側にはページを横切るように張られた「立入禁止」のテープの前に佇《たたず》み、後ろに建つ事件現場と思《おぼ》しき民家を真剣、というより暑苦しく芝居がかった表情で見つめる元加治の写真が掲載されている。下はインタビュー記事で、所属部署と階級、氏名も記されていた。

「元加治くん、ファンデーションを塗ってる？　じゃなきゃCG？　お肌のつるすべ加減が、尋常じゃないんだけど」

「そっちじゃねえよ。反対側」

刺々《とげとげ》しく突っ込まれ、ページの左側を見る。

こちらも写真で、どこかの小学校の校庭のようだ。朝礼台の上にピーポくんの着ぐるみが両手を広げるポーズで立ち、隣にはさくらとは少し違うデザインの制帽と制服を身につけた女性が、マイクを手に笑顔を見せている。細身で髪は黒髪のセミロング、前髪は額に斜めに下ろしている。朝礼台の下には大勢の子どもが集まり、後ろには、さくらが地下駐車場で見たのと同じ、ライムグリーンの交通広報車が写り込んでいた。

「広報課主任主事、鷺ノ宮《さぎのみや》あすかさん。二十七歳、独身。昇進試験をパスしたのはもちろん、若い女性っていうので話題になった。誰かさんと同じ警察事務職員で、歳《とし》もそう変わらないのに、偉いよなあ。このパンフレットには職員の座談会も載ってて、その時本人に会ったけどサバサバしてて感じがよかったな……あ、念のため主任主事っていうのは、主事の上で係長の下の役職な」

パンフレットの上からくっきり二重の大きな目をのぞかせ、ぺらぺらと喋《しゃべ》る。そっぽを向き、さくらは返した。

「『偉い』とか、なんか上から目線でイヤな感じ。その人がどうかしたの?」

「彼女の仕事は、ポスターやキャラクターグッズなど、広報活動に使用する品の制作と、警察参考室及び広報車両の管理。つまり、四つの犯行は全部鷺ノ宮さんの担当なんだ」

「じゃあ、犯人の狙いは鷺ノ宮さん? 大変。話を聞きに行かないと」

「行ったよ、さっき。『担当なのは事実で迷惑もしてるけど、狙われる理由も犯人にも心当たりはない』ってさ。でも、出世を逆恨みしてる奴《やつ》とかいそうだよな。あとは、サバサバ系でこのルックス、声も低めだからキツい印象を持たれるかも」

そうコメントし、元加治は写真の鷺ノ宮さんの顔を指した。美人だが、細くて先の尖《とが》った鼻やアーモンド形の大きな目は、確かにキツめな印象だ。

「逆恨みなら、直接本人に嫌がらせするんじゃない？　引き出しにおもちゃのムカデを入れるとか、ロッカーに『バルサン使用中』って貼り紙しちゃうとか」

「なんでそう、発想がいちいち幼稚で邪悪なんだよ。しかも、うっすら笑ってるし」

コメントして、元加治がさくらに冷ややかな横目を向ける。と、彼のジャケットのポケットからアップテンポな着メロが流れだした。テレビドラマ「あぶない刑事《デカ》」のオープニングテーマで、さくらも再放送で聴いたことがある。なるほど。同ドラマの主演、柴田恭兵《しばたきょうへい》演じる大下勇次《おおしたゆうじ》と、舘《たち》ひろし演じる鷹山敏樹《たかやまとしき》が、元加治のイメージする「アダルトでダンディーな刑事」らしい。

間違ってはいないけど、ベタ。しかもちょっと古い。つい心の中で揚げ足を取っていると、元加治はスマホの画面を眺めて報告した。

「正丸さんからメールだ。『秋津さんの情報網によると、鷺ノ宮さんは二年前から施設課の長瀞《ながとろ》さんという男性とつき合っていて、度々同僚にのろけていたそうです。でも最近になって、ぷつりとなにも言わなくなったとか』だって」

「ふうん」

呟いたさくらと、顔を上げた元加治の視線が金網と鉄格子越しにぶつかった。

煙草《たばこ》の灰を灰皿に落とし、長瀞さんは上目遣いにこちらを見た。

「業務管理課？　故障の多いところですよね。無理なタコ足配線をしたり、私物の家電を持ち込んで使ったり」

輪郭が丸くて長い、小判のような顔に小さな目と大きな鼻、唇の薄い口が載っている。小柄だががっちりした体を包むのは、白いワイシャツと紺地に紫や赤の斜め縞が入ったネクタイ、グレイのスラックス。カウンター式で、天板の中央に焼肉店の鉄板を彷彿《ほうふつ》とさせる縦格子の吸込口、左右に埋め込み式の灰皿がついた分煙機に両肘《ひじ》を突いて寄りかかっている。歳は三十過ぎぐらいか。

「あいすみませ〜ん。以後気をつけますので……で、今お話しした通り、ポスターやらガラスケースやらが傷つけられた事件について、ちょっと」

明るくハイテンションに、正丸が返す。煙いのか、小さくげほげほと咳《せ》き込む声も聞こえる。煙草をふかし、長瀞さんは迷惑そうに返した。

「なにも知りませんよ。関係ないし」

「もちろん、わかってます。でも、鷺ノ宮さんは本当に困られてるみたいで。なにより、広報課、業務管理課、施設課はともに総務部、事務職員仲間じゃないですか。一致団結、相互扶助、呉越同舟、はちょっと違うか。困った時はお互い様、ってことで」

「そりゃそうだけど」

さらにテンションを上げて迫られ、長瀞さんは困惑して身を引く。正丸の言葉通り、三つの課は総務部所属。施設課は業務管理課と同じ十階にあり、庁舎内の設備機器や電気系統の管理をしている。

「鷺ノ宮さん、ステキな女性よね」

正丸の隣で、秋津が口を開いた。力の抜けた細い声だが、鷺ノ宮さんに対する羨望《せんぼう》と嫉妬《しっと》、その元彼への興味を絶妙に漂わせている。案の定、長瀞さんは動きを止め、視線を横に動かした。続けて首を伸ばしてガラス張りの喫煙室から外を窺《うかが》い、話しだした。

「確かに半年前までつき合ってましたよ。別れる時にはそれなりにモメたけど、ストーキングとか逆恨みとか、あり得ないし。そもそも、『別れよう』って言ったのは僕です。鷺ノ宮さんに確認してもらっても、構いません」

「ふっちゃったんですか？　あら、もったいない。なんでまた」

汗を押さえるふりでタオルハンカチを鼻に当てて煙を避け、正丸はテンポよく問いかけた。乗せられたらしく、長瀞さんが答える。

「僕は結婚したかったんですけど、『仕事に集中したい』って断られたんです。そうしたらまあ、別の出会いがあって。年末に、同じ課の後輩と結婚します」

「なるほど。仕方がないですね。人生、これすなわちタイミング。でも、あんな美女とつき合えて羨《うらや》ましいなあ。なれそめは？　なれそめは？」

「なれそめは？」は首を少し回して横目で長瀞さんを見ながら言い、片手をひらひらと上下に動かす。ちらりと見えた肉付きのいい手の甲には、黒いマジックで「小松菜二束　豚コマ300g」とある。仕事帰りの買い物リストか。

「え〜っ。終わったことだし」

と眉をひそめながらもまんざらでもない様子で、長瀞さんはこう続けた。

「一目惚《ひとめぼ》れして、押しまくったんです。通勤電車を調べて一緒になったり、彼女の好きなテレビ番組やタレントをチェックして、共通の話題を探したり。隙《すき》あらば、お菓子とか雑貨とか、重くならない程度のプレゼントを贈ったり。まあ、『マメ』ってやつかな」

「いやいやいや。そのマメが、我々野郎には一番難しいんですから」

「それは一理あるかも」

「でしょ?」

がはは、と男二人の笑い声が四角く狭い喫煙室に響いた。

一時停止ボタンを押し、正丸はスマホの動画をストップさせた。金網と鉄格子越しに、画面に表示された顎《あご》を上げて笑う長瀞さんの顔を眺め、さくらは言った。

「正丸さんが『野郎』って。新鮮だけど、違和感ありまくり」

「ほっといてよ! それもこれも、久米川さんのためでしょ。で、どう? 秋津さんに確認してもらって、長瀞さんが鷺ノ宮さんをふったのと、別の人と婚約中なのは事実ってわかったよ」

「自分からふって、逆恨みはないですよね。でも、ストーキングとかない、って言ってる割には通勤電車を調べてるし。あと、なんとなく偉そうで時々タメ口になるのはクセ？」

「さすがによく見てるわね。私も引っかかって確認したら、『別の出会い』って警視庁《ちょう》の元幹部の孫みたい。婚約した頃から態度が変わった、って話。そういうわかりやすさ、嫌いじゃないけど」

訊《き》いてもいないのに感想を述べ、秋津は肩に載った髪を指先で後ろに払った。

元加治から話が伝わったらしく、正丸たちは「自分たちの方が警戒されないから」と長瀞さんへの聞き込みを申し出、その模様をスマホに録画して見せに来てくれた。壊された物の発見者や現場周辺の人に聞いた話も報告してくれたが、現場は九階、二階、一階、地下とバラバラで、発見者は早朝に出勤、または深夜の残業時に被害に気づいているが、周辺の部署を含め犯人の目撃者はいなかった。

「調子に乗ったついでに、プロポーズを断られたのが許せなくなってきたとか？」

こみ上げるあくびを堪《こら》え、さくらは言った。食後の眠気がピークなので、時刻は午後二時前後か。

頷《うなず》き、秋津も言う。

「あるいは、つき合ってた頃のなにかをネタに、鷺ノ宮さんに責められるか脅されるかしたのかも」

すると、正丸が舌を鳴らし立てた人差し指を横に振った。

「お嬢さん方、大事なことをお忘れですよ。長瀞さんは、施設課で庁舎内の電気機器や配線を担当してるんだよ。防犯カメラの死角とか、知ってるかも」

「そうか……怪しいかも」

さくらが呟き、正丸と秋津は大きく一つ、首を縦に振った。


一時間後。正丸と秋津が戻って来た。元加治も一緒だ。

「人に調べさせておいて、いい身分だな。一生ここにいるか?」

元加治に睨まれ、さくらは慌てて体を起こし扉の前に行った。

狭く無機質な部屋ながらも、うろうろごろごろしているうちに、リラックスできるポジションを見つけた。部屋の真ん中に仰向《あおむ》けに寝て、脚を上げて足の裏を壁にくっつける。ふくらはぎのむくみも解消され、一石二鳥だ。

「長瀞さんの婚約者に会ったよ。おっとりした子で、『事件の関係者全員に話を聞いてる』って言ったら、『長瀞さんの潔白が証明できるなら』なんて大きな目をキラキラさせて応じてくれた。かわいいし、いい匂《にお》いもしたなあ……おっと、セクハラ？だったらごめん」

スマホを操作しながら小鼻を膨らませ、正丸が説明する。隣の秋津は無表情。遠くを見たまま、

「椎名町真帆《しいなまちまほ》、二十三歳。神奈川県出身、高校時代は女子ソフトボール部でマネージャーを務める。野球部やサッカー部じゃなく、女子ソフト、ってところがミソ」

と婚約者の解説を加えた。なにが「ミソ」なのかは不明だが、さくらは正丸が差し出したスマホの画面を見た。動画の再生が始まる。

大写しになった椎名町さんは、黒髪のベリーショート。ほっそりした白い首と、丸く黒目がちな眼が印象的だ。さくらや秋津と同じデザインの制服姿で、黒い合成皮革のベンチソファに座っている。後ろに飲み物の自販機が映り込んでいるので、十階の隅にある休憩スペースだろう。

「すみませんね、すぐに済みますから……まずはご婚約おめでとうございます。お式は年末だとか。大安吉日？　友引？　最近の若い人は、あんまりこだわらないらしいけど」

　結婚式場か引き出物の業者のような口調で、向かいから正丸が語りかける。戸惑ったように瞳を揺らして一瞬黙り、椎名町さんは答えた。

「ありがとうございます」

「つき合って三ヶ月の電撃婚なのよね。長瀞さんに猛アタックされた？」

　自販機で買ったらしい缶コーヒーを手渡しながら、秋津も訊《たず》ねる。会釈して小さく赤い唇をきゅっ、とすぼませ、椎名町さんは微笑《ほほえ》んだ。

「はい。通勤電車が一緒で話すようになったんです。好きなテレビ番組や芸能人が同じで、外回りや出張に行く度に、変な駄菓子とか、ゆるキャラグッズを買って来てくれたりもして。少し歳が離れてるけど『面白い人だな』って、私の方が夢中になっちゃったんです」

「ははあ。そうでしたか」

　穏やかに相づちを打ちながらも、画面がわずかに横に揺れ、正丸が秋津に視線を送ったのがわかった。

「彼と鷺ノ宮さんのことは、知ってるのよね？」

秋津がずばりと訊き、椎名町さんは真顔に戻る。それでも大きく頷き、迷いのない表情で答えた。

「なにもかも。でも過去は誰にでもあるし、私は私だから。気にしてません」

「だよねえ。大事なのは未来。しっかり築いていかないと」

今度は披露宴のスピーチのような調子になり、正丸は「でしょ？」と付け加えた。

ひらひらと振る手の先が、画面の端に映り込む。

「通勤電車に好きなテレビ番組と芸能人、細かいプレゼント。口説きのパターンが、鷺ノ宮さんの時と同じじゃないですか」

動画が終わるなり、さくらはコメントした。秋津も傾けた首を縦に振る。

「マメでガッツもあるけど、オリジナリティーに欠ける。そういう雑なところも……ちょっと無理かな」

「でも長瀞って人、一人がダメならもう一人に行く、みたいなノリで執着心はなさそうですよね。ストーカーめいた行為も、手段であって目的じゃない、っていうか」

眉間《みけん》にシワを寄せ、元加治が首を傾《かし》げた。その肩を、正丸がぽん、と叩《たた》く。

「さすが捜査一課。謎解きは、身代わりだけど」

「し〜っ！　好きで身代わりしてるんじゃありませんよ」

潜めた声で騒ぎだした元加治を無視し、さくらは胸の前で腕を組んで考え込んだ。

「確かに長瀞さんは、吹っ切れてそう。鷺ノ宮さんも？」

「そりゃそうだろ。自分で『仕事に集中したい』って、プロポーズを断ったんだから」

「いや、元加治さん。意外と違うかも。ね、秋津さん？」

「『私と別れたとたん、別の女と婚約？　しかも若くてかわいいお嬢様なんて』」

遠い目をして棒読み。しかし鷺ノ宮の心情を表したつもりか、右拳《こぶし》を固く握っている。

「じゃあ、物を壊したのは鷺ノ宮さん？　長瀞さんに罪をかぶせ、結婚をダメにしようとした……正丸さん、次の手をよろしく。バッテラは来ないし、ここ、三時のおやつもないみたいなんで、そろそろ出たいかなあ、って」

後半はグチっぽくなって訴えるさくらを、正丸が冷ややかな横目で見る。

「まったく、人使いが荒いんだから」

3

思っていたより早く、推定時刻午後四時半に夕食が運ばれてきた。トレーと弁当箱は昼食と同じだが、中身は焼いたシャケとオムレツ、春巻き、お新香、ご飯、お茶。さらに、プラスチックの丼に入ったビーフシチューも添えられている。

「ひゃ〜、ゴージャス。給料日前で、ゆうべは焼きおにぎり三個だったのに」

声を上げてトレーの前に正座し、さくらは食事を始めた。ストレスはとくに自覚していないが、留置場に入ってから明らかに独り言が増えた。

スプーンを取り、真っ先にビーフシチューを食べた。

「ぬるいけど、デミグラスソースはコンソメが効いておいしい……でも」

口の中のものを咀嚼《そしゃく》しながら、ふと気づいた。おいしいのは確か。しかし、この食感には、覚えがある。

「牛肉、ジャガイモ、ニンジン、タマネギ、って昼ご飯と同じだわ。材料の使い回し？　ちょっと手抜きじゃない？」

ケチをつけながらも手は止めず、ハイペースで食べ続ける。廊下を、ヒールと革靴の足音が近づいて来た。

「なに食べてんの？　見せて見せて」

部屋の前に着くなり、正丸が好奇心満々で覗き込んでくる。スプーンをビーフシチューに差し込んで丼を抱え、さくらは立ち上がった。

「どうでした、『次の手』？　鷺ノ宮さんのところに行ってくれたんでしょう？」

「うん。でも、訊き方が悪かったのか、すごい剣幕でさぁ。目を吊《つ》り上げて、『なんで私がそんなことしなきゃいけないんですか。彼とは納得して別れて、未練も後悔もありません！』だって」

「目を吊り上げて」のくだりでは、左右の人差し指で自分の目尻を押し上げて見せる。

続いて、秋津も報告した。

「ガラスケースの件は未確認だけど、ポスター破りとピーポくんに黒ペンキ、ワゴンに赤スプレーもアリバイがあったわ。どれも事件が起きたと思しき時間帯には、出張に行ってたり、イベントや撮影に立ち会ってたりしてる」

「自作自演はなし？　う～ん。元加治くんが言うように、仕事のトラブルかも」

悩みながらも、スプーンを取ってビーフシチューをぱくり。それを羨ましそうに見て、正丸は人差し指を口の脇にずらした。

「久米川さん、ソースがついてる……あるいはこっちが考えすぎただけで、ただのイタズラだったりして」

「スタートに逆戻りじゃないですか。もうすぐ五時なのに」

さすがにがっくりきて、さくらは声を大きくして訴えた。正丸は「そう言われても」と困惑し、秋津は指先で顔の前に垂れた髪を梳《す》きながら思案顔だ。

「なにかあるんですか？」

丼を抱え問いかけるさくらに、秋津は少し間を置いて答えた。

「鷺ノ宮さんと椎名町さんって、同じ香水をつけてるの」

「そうだっけ？　椎名町さんのは気づいたけど、鷺ノ宮さんはわからなかったなあ。甘い感じのやつでしょ？」

正丸が反応する。

「ええ。甘くて、エキゾチックで重め。フランスの老舗《しにせ》ブランドもので、名前は運命って意味の『destin《デスタン》』。香水のかおりには種類があって、あれはオリエンタル系。香辛料とか樹脂、動物性の香料を使って作られるの。私は大好きだけど、二人には合ってないわね。鷺ノ宮さんはキリッとしたシトラス系、椎名町さんは愛らしいフローラル系、ってイメージだもの」

「ははあ、デスタンね。でも二人ともオシャレな感じで、身につけるものとかこだわりがありそうでしたけど」

さくらの頭にパンフレットの写真と、聞き込みの動画が浮かぶ。

「だから自分で買ったんじゃなく、プレゼントよ。贈ったのは、たぶん長瀞さん」

「ホント、やることがワンパターンだなあ。でも鷺ノ宮さんは、『未練も後悔もありません』なのに、元彼にもらった香水をつけてる？　おかしいですよね」

「そうなんだけど、デスタンって発売されたのは二ヶ月ぐらい前なの。鷺ノ宮さんたちは、半年前に別れたはずなのに」

「なにそれ。辻褄《つじつま》が合わないじゃない。どうなってんの？」

正丸が秋津とさくらを交互に見て、騒いだ。

「当てつけで、今カノに贈ったのと同じ香水を買った、とか。あるいは」

続けかけて、続かなかった。頭の中に、いつものスパークが起きたのだ。

「あるいは」なに？　先が思い出せない。焦っていると、またパンフレットの鷺ノ宮と、動画の椎名町の姿が浮かんだ。指が勝手に動いて髪の毛を巻き付け、視線はなぜか、丼の中のビーフシチューへ。鷺ノ宮たちの姿が消え、代わりにこれまたなぜか、昼間食べた肉じゃがが浮かんだ。具材はビーフシチューと同じ、牛肉、ジャガイモ、ニンジン、タマネギ……。

「『マメ』ってやつかな」長瀞の、どこか自慢げな声が聞こえた。続いて、「彼とは納得して別れて」「なにもかも」と、女性二人の言葉。様々な断片が、丼のデミグラスソースの上で一つの形をなしていく。

「久米川さくら、この事件《ヤマ》いただき！」

顔を上げ、さくらは片肘を曲げて顔の横で拳を握った。驚く様子もなく、金網と鉄格子の向こうで秋津が解説する。

「テレビドラマ『キミ犯人じゃないよね？』より、貫地谷《かんじや》しほり演じる主人公の決め台詞《ぜりふ》。正確には『久米川さくら』じゃなく、『森田《もりた》さくら』だけど」

「あ、恒例の閃《ひらめ》きね……しかし同じ『さくら』でも、えらい違いだねえ。こっちは留置場の中だし」

ため息交じりに言う正丸を、さくらが急《せ》かす。

「課長、元加治くんに電話！」

そしてスプーンを握り、ビーフシチューを頬ばった。

4

翌朝、午前九時前。

さくらは警視庁庁舎十階の隅にある会議室にいた。古びた長机が四つ向かい合って置かれ、狭く薄暗い部屋だ。手前の椅子《いす》を引き、制服姿で腰かけた。

長机に載せたバッグを開け、いそいそと小さなレジ袋を出した。レジ袋も長机に置き、さらにそこから、経木《きょうぎ》の模様が印刷された長方形で少し厚みのある紙包みを出して開く。

現れたのは、独特の光沢と唐草に似た模様が目に嬉《うれ》しい、三枚におろされたサバと、ボリュームたっぷりの酢飯。バッテラだ。昨日のは、「もったいないから」と、昼休みに正丸と秋津に食べられてしまったので、改めて今朝買って来たのだ。

お店でくれた割り箸を割ってバッテラの一切れを手前に運び、小袋の口を切って醤《しょう》油《ゆ》も垂らした。芳香が立ちのぼり、さくらは軽い目眩《めまい》と猛烈な食欲を覚えた。箸の先で一切れをつまみ、大きく口を開けてかぶりつこうとした直前、

「おつとめご苦労さん。一人で出所祝いか?」

斜め後方で醒《さ》めた声がした。驚いてバッテラを落としそうになってなんとか堪え、包装紙の上に戻して振り返った。元加治がスラックスのポケットに両手を入れ、立っている。

「変な言い方しないでよ。ヤクザじゃないんだから」

箸を握ったまま抗議する。元加治は隣に来て、長机にお尻を軽く載せて座った。

「なんだよ。昨日は正丸さん経由で電話をもらった後、ドタバタで経過を報告できなかったから、わざわざ来てやったんだぜ」

「どうせ私の推理通りだったんでしょ?」

「お前、マジで最近調子こいてねえか? ……まあな。『気になって、捜査一課の仕

事の合間に調べた』って口実で長瀞、鷺ノ宮、椎名町を呼んで話を聞いたら、罪を認めたよ。犯人は、椎名町真帆だ」

「やっぱりね」

相づちを打ちながらも、再度バッテラを箸でつまみ、口に運ぶ。元加治は続けた。

「長瀞さんと鷺ノ宮さんの過去は知っていたし、『気にしてません』も本当だったらしい。だが二ヶ月前、偶然すれ違った鷺ノ宮さんが、自分と同じ香水をつけていると気づいた。『まさか』と長瀞を尾行したりスマホを盗み見たりしたら、密《ひそ》かに鷺ノ宮さんと関係を続けてる、とわかった。ショックと怒りは半端じゃなかったが、プライドやら見栄《みえ》やらがあるので周りには言えない。どんどん追い込まれ、『はけ口を求めて、ポスターやらピーポくん像やらを傷つけるようになった』そうだ」

「このバッテラ、激ウマ。サバのシメ具合と、脂の乗りっぷりが最高」

「聞けよ！　……椎名町はわんわん泣いて、長瀞さんと鷺ノ宮さんも『元はと言えば自分たちのせい』と反省してる。長瀞さんは、『鷺ノ宮さんとは別れる。彼女さえよければ、予定通り結婚したい』とも言ってて、椎名町も同意。椎名町はもともと寿退庁の予定だったんだけど時期を早め、『責任を取って辞めた』ってことで事態を収めるみたいだ。俺的には、なんで椎名町が鷺ノ宮さんをターゲットにしたのかが解《げ》せなかったんだけど、曰《いわ》く『長瀞さんに悪い噂が立つと、結婚生活に支障が出る』だとよ。あとは秋津さんに言わせると、『浮気に気づいた時、男は自分のパートナーに激怒し、女は浮気相手を憎悪する』らしいぜ。どっちにしろ、『怖っ！』だよな」

「ふうん。その理屈、ちょっとわかるかも」

「ウソつけ。支障出まくりの独身生活で、浮気どころか、浮いた話一つないくせに」

顔をしかめて毒づいた元加治だが、反論しようとしたさくらがご飯粒を喉《のど》に詰まらせてむせると、素早くバッグの中から緑茶のペットボトルを出し、開栓して渡してくれた。

ごくごくと緑茶を飲み、なんとか落ち着いたさくらは目尻に滲《にじ》んだ涙を拭《ぬぐ》い、告げた。

「一番悪いのは、長瀞さん。通勤電車にテレビ番組と芸能人、プレゼント。同じ『材料』を使って、ほっこり肉じゃががタイプの椎名町さんと婚約しておいて、ゴージャスビーフシチュー系の鷺ノ宮さんともつき合おうとした。でもそんな『おいしいところ取り』が、永遠に続くはずがない」

「なるほど。だから昨日電話をかけてきた時に、『どっちも同じ！　牛肉にジャガイモ、ニンジンとタマネギ!!』って騒いでたのか。いかにも、っていうか……お前らしいな」

最後のひと言はなぜか照れ臭そう。同時に、感謝と尊敬、気のせいかも知れないが愛情も感じられた。

緑茶を置き、バッテラに向き直ろうとして、さくらは動きを止めた。思えば、昨日椎名町が犯行を認め、無事に留置場を出られた後、正丸と秋津には礼を言ったが、元加治にはまだだ。

なにか言わなくては。でも、この空気だと面倒臭いことになりそう。戸惑いながらも、胸がときめくのを感じていると、元加治のジャケットのポケットからテレビドラマ「警部補　古畑任三郎《ふるはたにんざぶろう》」のテーマ曲が流れた。これまた、彼が憧れる刑事像なのだろう。

「なんだよ、しつこいな。きっぱり断ったじゃないか……見ろよ。またヘッドハントで、今度はイギリスの民間軍事企業。なんか俺の噂が、猛スピードで世界中を駆け巡ってるっぽい」

うんざり顔を作りながらも、口調は得意げ。一瞬で冷え冷えとした気持ちになり、さくらは元加治に背中を向けてバッテラを食べ始めた。

「いいじゃない、行けば？『紳士の国』イギリスでしょ？」

「タコ。この企業、実態は傭兵《ようへい》組織だぞ。中東やらアフリカやらの、紛争地域に送られる可能性だって――あれ、おかしいな。スマホの電源を切ったのに、着信が止まらない。なんでだ？」

みるみる取り乱し、机からお尻を下ろして元加治はその場をうろついた。知らん顔で、さくらは箸を動かし続ける。

「おいおい、ヤバいぞ。ロックオンされちまったかも……アルミ箔《はく》を持ってないか？前になにかで、電波を遮断する、って読んだ。業務管理課にならあるよな？　しょっちゅう、なにか包んで温めて食ってるし」

騒ぐだけ騒いで話をまとめ、元加治はスマホを顔の前にかざしたまま、会議室を出て行った。

やっと落ち着いて食べられる。ほっとして箸を動かす速度を緩めながらも、さくらは頭の中で「お前らしいな」を繰り返す。嬉しいような、恥ずかしいような。言ってくれた相手に愛情を感じるような、感じないような。

バッテラと元加治の言葉を噛《か》みしめるさくらの耳に、壁のスピーカーから始業を告げるチャイムが流れた。

第四話

夜の蝶だよさくらちゃん

1

廊下の角を曲がると、異変に気づいた。業務管理課の前に人だかりができ、開け放たれたドアから大勢が中を覗《のぞ》いている。いつもは閑散としているので怪訝《けげん》に思いながら、久米川《くめがわ》さくらは歩き続けた。

「なにかあったんですか」

近づいて訊《たず》ねたが、誰も見向きもしない。制服にスーツ、と格好は違い歳《とし》もバラバラだが全員男性だ。

「ちょっとすみません」

私物が入ったバッグを抱えて男性たちをかきわけ、部屋に入った。真っ先に気づいたのは、漂う香水のかおりだ。

広いスペースの手前にスチール机と椅子《いす》が三つ並び、壁際には書類棚とデジタル複合機。突き当たりの窓の前には、大量の段ボール箱と備品類が積み上げられている。

それはいつもと変わらないのだが、書類棚の前に折りたたみ式のパイプ椅子が並べられ、女性が三人、こちらに横顔を向ける格好で腰かけている。

「久米川さん。おはよう」

正丸《しょうまる》が声をかけてきた。ドア脇の壁際に置かれた背の低い棚の上に来客用の湯飲み茶碗《ぢゃわん》を置き、急須のお茶を注《つ》いでいる。ジャケットを脱いだ制服姿で、ワイシャツの腕に装着したアームカバーはトラの毛皮模様。ここ数日同じものを使っていて、正丸曰《いわ》く「嫁が柄にもなく、アニマルプリントの服や小物を作るのに凝っちゃってさあ」らしい。「ヒョウとかシマウマならわかるけど、トラはちょっと違うんじゃ」と突っ込みたくなったが、口には出していない。

「おはようございます」

女性たちを気にしながら返し、さくらは自分の席に向かった。向かいの席の秋津《あきつ》が、顔を上げた。

「おはよ。待ってたのよ」

机に片手で頰杖《ほおづえ》をついて気だるげに告げ、もう片方の手に持ったボールペンの端で、後ろに座る女性たちを指す。つられて、さくらは三人の顔を眺めた。

向かって右端には、二十歳《はたち》そこそこの女性。明るい茶色の巻き髪に、師走《しわす》も近いというのに肩をむき出しにしたミニ丈のピンクのドレス姿。真ん中は二十代後半ぐらいで、艶《つや》やかな黒髪のショートボブ。純白のスーツを身につけ、タイトのスカート丈はこちらも膝上《ひざうえ》だ。そして左端はぐっと年上で、五十代半ば。黒い着物に金色の帯、ヘアスタイルは後頭部を大きく盛り上げた夜会巻き。化粧は揃《そろ》って濃いが、それに負けないほどの美貌《びぼう》で、香水のかおりの元もこの三人だ。さくらと目が合うと、示し合わせたかのように口角を上げて会釈してきた。

「どうも」

会釈を返しながらも、三人の出《い》で立《た》ちと午前九時前の警視庁というシチュエーションギャップに戸惑う。秋津は続けた。

「銀座《ぎんざ》時代の知り合いなの」

「はあ」

「銀座時代って、いつ？　秋津さん、入庁前になにやってたの？」問いただしたい衝動にかられはしたが、これまた口に出せずにいると、正丸がやって来た。トレーに載せた湯気の立つ湯飲み茶碗を、三人の前に並べた木の丸椅子に置いていく。

「頼み事があっていらしたんだって……どうぞ、粗茶ですが。見事な御髪《おぐし》ですねえ。

お着物もステキだし。さぞや、お高いんでしょう?」

抜群のコミュニケーション能力を発揮しつつ、おばさんチックな下世話さも覗かせて正丸が着物の女性に問いかける。女性はハンカチで口元を押さえ、笑みを崩さずに首と右手を横に振った。

「いえいえ。ほんの安物で」

右手の指には、ルビーと思《おぼ》しき深紅の石の指輪。サイズは小梅の梅干し大だ。それ

を目で追いながら、さくらも訊ねた。

「頼み事?」

すると、天井のスピーカーから始業を告げるチャイムが流れた。部屋の前に群がっ

ていた男たちが、なにか言い合いながら残念そうに引き揚げていく。それを確認し、

着物の女性は話しだした。

「並木《なみき》通りの『月かげ』というクラブでママをやってます、麻耶《まや》と申します。こっち

は店の子で、利羅《りら》ちゃんと沙世《さよ》さん」

「よろしく~、利羅です」

紹介を受け、巻き髪の女性がさくらに手を振り、純白スーツの女性は、

「沙世です。はじめまして」

と、椅子から腰を浮かせて一礼した。さくらが返礼と名前を告げるのを待って、麻耶さんは続けた。

「ちょうど二週間前に、凛香《りんか》ちゃんという店の子が亡くなったんです。頭に殴られた痕《あと》があったそうなので、たぶん殺人。でも警察の人は一度聞き込みに来たきりで、問い合わせても『捜査中につき、答えられない』ばっかりで」

「久米川さん、この事件知らない？　新聞やニュースにも取り上げられてたよ」

トレーを抱えて秋津の隣に立ち、正丸が問う。さくらが首を横に振ると、利羅さんが言った。

「凛香さんは超いい人でみんなに好かれてたから、ショックだし悔しくてたまらないの」

「でしょうねえ」

アイライン、つけまつげ、マスカラで飾られた目の大きさに圧倒されながらも、他《ほか》に言葉が見つからず、さくらは返した。それを待っていたかのように、秋津が言う。

「麻耶さんたちは、犯人を見つけて欲しいんですって……意味、わかるわよね？」

「はい⁉　まさか、私にやれって言うんじゃ」

立ち上がって問い返したさくらだったが、後半声のボリュームを落とすのは忘れない。

麻耶さんも立ち上がり、頭を下げた。

「みなさんで力になってくれるそうで、ありがとうございます」

「久米川ちゃん、よろしくね」

「お礼はしますから」

利羅さんと沙世さんにも頭を下げられ、さくらの驚きと戸惑いはさらに増す。

「えっ、でも」

「お願い。凛香ちゃんと面識はないけど、麻耶さんにはお世話になったの……知ってる？　私って味方につけても得はないけど、敵に回すと、すっごく面倒臭いことになるのよ」

気だるげな囁《ささや》き声でダメ押しし、秋津は遠くを見た。右手の指の間にボールペンを挟み、机を叩《たた》いている。微妙に力の込められた、リズミカルで乾いた音に、さくらは追い詰められていく。

「いいじゃない。秋津さんの恩人は、僕らの恩人。それに、こんなものもいただいちゃったし」

一人能天気に告げ、正丸は腕を伸ばして自分の机から大きめの菓子折を持ち上げた。薄紫のきれいな和紙で包まれ、店名と思しき文字が印刷されている。

「ひょっとして『銀座月兎堂《げっとどう》』の大福!? すごい。開店前から並ばないと買えない、レアスイーツじゃないですか。食べたかったんですよ」

言っているそばから、さくらの脳裡《のうり》にまっ白でふくふくとした大福が浮かび、ヨダレも湧《わ》いてきた。同時に「面倒臭い」「定時に帰れなくなるかも」とも浮かび、判断に迷う。

「そこまでだ」

声がして、みんなが一斉に首を回した。ドアが開いたままの部屋の出入口の前に、男が立っている。

「元加治《もとかじ》くん……それ、ガウン？　寝坊したの？」

みんながぽかんとするなか、さくらは問いかけた。元加治はトレードマークのダークスーツの上に、ウールのハーフコートを着ている。仕立てはよく高そうなのだが、キャメル色の生地といい、ベルベット地の衿《えり》といい、どこかナイトガウン風だ。

「しねえよ！　お前と一緒にするな。これはチェスターコートといって、目利きの大人男子の必須アイテムなんだぞ。もともとは昼夜兼用の正装用コートとして生まれ、十九世紀にイギリスのチェスターフィールド伯爵が初めて着たのがその名の由来で――」

「『大人男子』って、つまり『父《とっ》ちゃん坊や』？　立派な大人なのに、見た目や言うことが子どもっぽいって意味の」

「子どもって言うな！」

歩み寄って来てさくらを見下ろし、元加治がわめく。しかしみんなの視線に気づき、体を反転させて麻耶さんたちに向き直った。

「これは失敬。捜査一課の元加治です。話は聞きました。僕にお任せ下さい。ちょうど大きな事件が解決して時間はありますし、調べてみましょう」

「本当ですか!?　ありがとうございます」

「嬉《うれ》しい～。朝っぱらから、オシャレして来た甲斐《かい》があったわ」

麻耶さんたちの顔が、ぱっ、と輝く。慌てて、さくらは元加治を見上げた。

「ちょっと、勝手になによ」

「ごちゃごちゃ言うなって。捜査資料や情報は、俺が集めるからさ。ああいうお姉さん方にコネを作っておくと、便利なんだよ。なにより『銀座の夜の蝶《ちょう》と知り合い』『店で顔が利く』ってのは、粋で器のデカい男の証拠……そうと決まれば、所轄署に連絡だ」

小声の早口でさっさと話をまとめ、元加治は「では、後ほど」と麻耶さんたちにウインクつきの敬礼をして、部屋を出て行った。

「敬礼はともかく、ウインクって」

背中を見送りながら呆然《ぼうぜん》と突っ込んださくらだったが、大喜びの麻耶さんたちと、それに同調する正丸の声にかき消された。

ドアを開けたとたん、強く冷たい風が吹き付けてきた。腰が引け、さくらはドアレバーをつかんだまま後ろを振り向いた。

「無理。死ぬ、絶対」

「やめてよ。僕だって、高いところは苦手なんだから。外を見ないようにすれば大丈夫。ド～ンと行こう、ド～ンと」

正丸が返し、さくらの背中を叩いた。後ろには秋津。三人とも、淡い緑色の作業服を着て頭にヘルメットをかぶり、手には軍手、足元は安全靴だ。腰に締めたベルトには、命綱の入ったナイロン袋も下がっている。

「課長って、物事を擬音でごまかすクセがありますよね？　ていうか、なんで私が先頭なんですか」

憤慨はしたがぐいぐいと背中を押され、仕方なく、いくつもの長方形に仕切られたコンクリートの床面を歩きだした。長方形同士の間には幅二ミリほどの目地が設けられ、弾力性のあるコーキング剤が埋められている。これは伸縮目地といい、コンクリートのヒビ割れを防ぐためのものだそうだ。

風はさらに強くなり、頭と腰を低くして三人一列で前進した。

その日、業務管理課に与えられた仕事は「本庁舎屋上床の防水処置」。当然専門の業者の仕事なのだがすぐには来られず、とくに水漏れが激しい箇所があるので、さくらたちが応急処置を施すことになった。本庁舎は十七階建て。高さは鉄塔の部分込みで百二十メートルちょっとある。

　正丸が手にした屋上の図面を頼りに、這《は》うようにして進んだ。なんとか作業現場に辿《たど》り着き、地面に等間隔で設置された固定フックに命綱の金具を留めた。ほっとして、三人でその場に座り込む。

「警視庁庁舎」と聞くと、正面玄関側から見た台形を縦に引き延ばしたような形の建物を思い浮かべる人が多いはずだ。しかし敷地内から裏を見ると、台形の片方の側面が内側に「逆くの字」型にへこんでいたりして、入り組んだつくりになっている。へこみのスペースには通路や駐車場、別館などがある。屋上も、ヘリポートがある台形の上半分はフラットでがらんとしているが、下の部分はエアコンの室外機やなにかの小屋、作業用のゴンドラのレールなどでひどくごちゃついている。今日の作業現場もその一角で、左右を背が高く二重のフェンスに囲まれた扇形の広いスペースだ。後ろには、庁舎のシンボルともいえる、ドーナツ状の白い輪を三つ通した深紅の電波塔がそびえている。フェンスの向こうには隣接する警察総合庁舎が見えるが、曇天でわずかに霞《かす》んでいた。

　現場を確認して道具を運び、処置する箇所をビニールテープで区切った。かじかむ手に息を吹きかけ、垂れてくる鼻水をすすり上げながら、作業に取りかかる。

まず古くなったコーキング剤にカッターで切れ目を入れ、ペンチで引っぱり出して撤去する。続いて箒《ほうき》ではいてゴミや埃《ほこり》を取り除き、立水栓にホースをつないで地面を濡《ぬ》らしデッキブラシで表面の汚れとカビを落とした。掃除はしょっちゅうやらされているので慣れっこだが、命綱つきの作業は初めてで戸惑い、緊張する。

珍しくお喋《しゃべ》りなしで黙々と掃除をこなし、撒《ま》いた水が乾くのを待つあいだ休憩を取った。

命綱を外し、電波塔の下の風が来ない場所に移動して腰を下ろす。正丸が持参したバッグからステンレス製の水筒を出し、熱いお茶を注いでくれた。それを三人で飲み、冷えた体を温めていると、スローでメランコリックな着メロが流れた。

「この曲、知ってる。懐かしいな。なんだっけ」

小さなプラスチックの密閉容器を開け、中の漬物をさくらたちに勧めながら、正丸が首を傾《かし》げる。

「木《き》の実《み》ナナの『うぬぼれワルツ』……元加治くんからね」

曲目から察したのか、秋津が返す。風で髪が乱れ、いつにも増してアンニュイなムードだ。頷《うなず》き、さくらは作業服のポケットから、スマホを出した。

「もしもし」

「俺だ。事件について調べたぞ。被害者の凜香さんだが、本名は、野上香澄《のがみかすみ》、三十一歳だ。二週間前の日曜日の午後、東京都江東区《こうとう》にある自宅マンションの居間で倒れているのを発見された。この日はマンションの火災報知機の点検日で住人には告知済みだったんだが、チャイムを鳴らしても応答がないため管理人がカギを開けて入室し、凜香さんを見つけた。すぐに救急車を呼んだが既に亡くなっており、死因は脳挫傷。後頭部に殴られたような傷があり、現場近くに血液の付着した置き時計が落ちていたことから撲殺されたと推測されるが、指紋などの手がかりはなく、犯人の目撃者もいない」

元加治が捲《まく》し立てる。後半報告書を読み上げるような口調になっているのが妙にカンに障り、さくらは空いた耳の脇に手を添え、とぼけて返した。

「え～、なに？　いま屋上にいるの。風が強くて聞こえな～い」

すると、身を乗り出して話を聞いていた秋津がスマホのマイクに語りかけた。

「凜香ちゃん、香澄さんっていうのね。どんな人だったの？」

「あ、秋津さんですか。どうも……『月かげ』で働きだしたのは半年ぐらい前なんですが、ホステス歴十年のベテランです。結婚して一度引退した後、復帰したとか。容姿は並みながらも穏やかで聞き上手だったそうで、指名客は絶えなかったとか」

「容疑者は？　指名客との痴情のもつれ、またはホステスさん同士の争いとか。ほら、よく二時間ドラマとかであるじゃない？」

秋津の反対側で話を聞いていた正丸も、口を挟んだ。「ほら」と言う時には、軍手の手を上下に振る。元加治は答えた。

「正丸さんも、お疲れ様です……それが、とくにないみたいなんですよ。凜香さんは勤務中はきっちり働くんだけど、同伴出勤やアフターにはあんまり熱心じゃなかったみたいで、客との個人的なつき合いも最低限。店の他の従業員とのトラブルや借金、ホストに貢ぐとかのトラブルもなし」

「じゃあ、物盗《もの と》り。強盗の仕業とか？」

正丸がさらに訊ねる。いまいち乗れないうえに鼻がむずむずしてきたので、さくらはスマホを正丸に預けて顔を背け、くしゃみをした。聞こえたらしく、元加治のわめく声が耳に届く。

「『ぶぇくしょん！』じゃねえよ。オヤジみてぇなくしゃみをしやがって……いえ。

現場に荒らされた様子はなく、テーブルにあった凛香さんの財布や引き出しの中の現金、預金通帳はそのままでした。犯行動機は怨恨《えんこん》、知り合いの仕業でしょう」

「だってさ。久米川さん、どう思う？」

スマホを耳から放し、正丸が訊《き》いてきた。

「そう言われても」

ポケットティッシュで鼻水を拭《ふ》きながら返したが、珍しく秋津がすがるような目を向けているのに気づき、頭を巡らせた。

「強いて言うなら、一度辞めたホステスに、なんで復帰したのかなあ、って」

「ああ、それな。俺も気になって調べたけど、ご主人が病気で亡くなったからだって」

「病気って？」

「なんとかいう免疫系の難病で、長いこと治療してたらしいぞ……取りあえず事件現場に行って、そのあと凛香さんの指名客を洗う。そっちに現場と生前の凛香さんの写真を送るから、見ておけよ」

本当に「俺も気になって」たかどうかは怪しいところだが勢いよく告げ、元加治は電話を切った。

間もなく、写真がメールされてきた。まず正丸と秋津が目を通し、さくらは遺体が写っているものは遠慮して、部屋の様子がわかるものと顔写真だけを見た。

ホステスの部屋というと、広いスペースにやや派手目のデザイナーズ家具が並び、クローゼットの中はブランドバッグやアクセサリーでいっぱい、というイメージだが凛香さんのマンションは至って質素。築二十年ほどは経《た》っていそうな1DKのマンションで、布張りのソファはくたびれていて、テーブルと椅子は合板。クローゼットにはブランドバッグがいくつかあったが、収納の仕方が適当で興味も愛情も持っていないとわかった。

「確かに、『なんで復帰したのか』ね。仕事やお金に執着なさそうだし」

ぽつりと、秋津がコメントした。さくらも頷いた。

「ですね」

「でも、印象は悪くないよね。丸顔で柔らかで優しげな感じがするけど、目元はキリッとして意志が強そう」

凛香さんの顔写真を画面に表示させ、正丸がさくらを見る。こちらも同意だったので、さくらは首を縦に振った。

2

床面が乾いたので、柄の長いローラーでプライマーと呼ばれる下地材を塗った。コンクリートに浸透しやすい材質で、風が強いせいもあって乾くのが早くて助かる。しかし薬品臭がキツく、三人ともマスク着用だ。

続いて、伸縮目地を塞《ふさ》ぐ作業に進んだ。コーキング剤を流し込む工法が多いそうだが、今回は目地の上に幅十センチ、長さ一メートルほどの青いアルミ板を貼《は》っていく。この板は通気性がとても高いという。

「あ〜、しんどい。かがみっぱなしの作業は辛《つら》いねえ」

後ろで正丸が言い、体を起こして腰を叩く気配があった。マスク越しなので、少し声がくぐもっている。さくらも手を止め、立ち上がった。

「私は膝です。さっきから痛くって」

「太りすぎもあるんじゃない？　僕も人のことは言えないけど……あ、飴《あめ》ちゃん食べる?」

「ひど〜い」

憤慨しながらも飴をもらいに行こうとしたが、命綱の存在を忘れていて、ぐん、と引っ張られて倒れそうになる。正丸に助けてもらっていると、秋津の声がした。

「同伴やアフターだけとは、限らないわね」

体勢を立て直し、さくらは少し離れた場所に立つ秋津を見た。地面に入ったヒビ割れを埋める作業を担当しており、片手にコーキング剤の缶、もう片方の手には金属製のヘラを持っている。

秋津も首を回し、さくらを見た。ヘルメットとマスクに挟まれた大きな目が印象的だ。

「なにそれ。凜香さんの事件のこと?」

正丸が問いかけ、秋津は首を縦に振った。作業中、さくらは昼休みまでの残り時間と、昼食になにを食べるかばかり考えていたが、秋津は事件について頭を巡らせていたようだ。

「さっき元加治くんは、客とのつき合いは最低限、みたいに言ってたけど、お客さんとのつき合いは、同伴やアフターだけとは限らないから」

「そうなんですか」

今度はさくらが問いかけ、秋津はまた頷く。

「そのまま来店してもらえる同伴は、お店からホステスに手当が支払われることもあるけど、アフターは完全なプライベート。いくらおいしいものをごちそうになっても、『早く帰って休みたい』って子も多いのよ」

「だろうねえ。家族や恋人が待ってる人もいるだろうし。じゃあ、一番喜ばれるのはプレゼント？　……あ、単なる好奇心だよ。そんなお金ないし、僕は嫁ひと筋」

なにも言っていないのに後半は言い訳口調になり、正丸がまた問いかける。作業服の下には、アームカバーを装着したままだ。

「プレゼントも嬉しいけど、好みがあるから。やっぱり、ボトルを入れてもらうことね。必ずまた来店してもらえる、って確約にもなるし」

「ははあ。なら、凛香さんの指名客でボトルを入れてくれた人を調べるとか？」

思いつきだったが、さくらの言葉に秋津は大きく頷き、こう告げた。

「久米川、バッチグー。元加治くんに連絡よろしく」

「『バッチグー』って、今どき。てか、さっきも言ったけど、なんで私が」

呟《つぶや》きながらも、さくらは仕方なく軍手を外し作業服のポケットからスマホを出した。

「あ、あ。テスト、テスト」

軽く咳払《せきばら》いをしながら、元加治が言う。さくらはずり落ちてきたヘルメットを押し上げ、下を向いたまま返した。

「テストなんかしなくてもちゃんと聞こえてるし、『父ちゃん坊や』の顔が大写しになってるのに」

「おい、こら。そっちの声もちゃんと聞こえてるぞ。いま『坊や』って言っただろ？　こっちに来やがれ」

嚙《か》みつかれ、仕方なくさくらはロール状のシートを前方に転がす作業を中断して立ち上がった。傍らには、さくらのスマホを持ち、画面を見つめる秋津と、それを横から覗く正丸が立っている。

伸縮目地を塞ぎ終え、昼休みを挟んで床面に通気緩衝シートを貼る作業に移った。

小さく丸い穴がたくさん空いた白いシートで、雨などでコンクリートが濡《ぬ》れた時の水分の通り道になるようだ。

マスクを引き下げ、正丸とは反対側の秋津の隣からスマホの画面を覗いた。ビデオ通話の最中で、元加治の顔がアップで映っている。向こうには、さくらたちの顔が映っているはずだ。

「はいはい……課長。事件も大事ですけど、作業しないと五時までに今日のノルマが終わらないような」

不安を訴えるさくらを遮り、元加治は話を続けた。

「『はい』は一回……さっきのお前の電話を受けて、『月かげ』の麻耶さんに連絡した。ここ三ヶ月の間にボトルを入れた凜香さんの指名客を調べてもらったところ、三人いた。一人は『月かげ』の近くで開業してる税理士だが、事件当日は出張中でアリバイがある。もう一人は大手町《おおてまち》の商社マンで、接待の流れでの初来店で以後顔を見せてないそうだから、この人も無関係と考えていいだろう。で、最後の一人がここの主《あるじ》」

最後は声を小さくして告げ、スマホの画面を横にずらす。映し出されたのは、一軒の家。オレンジ色の洋瓦《ようがわら》に漆喰《しっくい》の壁、フランス窓という洋館で、古いが大きくてシャレている。敷地は百坪ちょっとあるだろうか。

「下落合昭吾《しもおちあいしょうご》、七十五歳。先祖代々東京・杉並《すぎなみ》のこの家に住み、株やら不動産やら、受け継いだ財産を管理運用して生活してきたが、今は同居してる息子に任せて悠々自適の隠居生活。ちなみに奥さんは、十年ちょっと前に亡くなってる」

「『職業・金持ち』ってやつね。そこ、高級住宅街でしょ？　すごいなあ」

画面を眺め、ため息交じりに正丸がコメントする。両手でスマホをつかみ、秋津が問いかけた。

「凜香ちゃんとのつき合いは？」

「初来店は五ヶ月前。別の客に連れられて来て、ヘルプについた凜香さんを気に入って以後十日に一度のペースで通ってたそうです。物静かで身なりも上品、店のみんなに差し入れなんかもして、評判は上々。二時間ぐらいでサッと帰ってたそうで、同伴、アフターはなし。凜香さんも下落合さんを『すごくいいお客さん』と話してたそうですが、深い仲ではなかった風ですね。ただ、気になる情報が一つ」

「えっ。なになに⁉」

もったいぶって言葉を切った元加治に、さくらはうんざりだが、正丸は身を乗り出した。満足げに顎《あご》を上げ、元加治は言った。

「捜査資料に、凛香さんのマンションの近隣住民に対する聞き込みの結果が載っていました。それによると、『時々お父さんが訪ねて来ていて、仲がよさそうだった』『二人で愛想よく挨拶してくれた』そうで、富山に住むお父さんに確認を取ったところ、訪問は事実でした。しかし午前中、僕が改めてお父さんの写真持参で聞き込みをしたら、住民の一人が『事件直後は気が動転していたから気がつかなかったけど、自分が見かけた人とはちょっと違う気がする』と言いだしたんです。ちなみに、これがお父さん」

スマホを顔の前に戻し、ジャケットのポケットから一枚の写真を取り出してかざす。顔は面長だが、きりっとした目元は凛香さんと同じ。髪はまっ白で、歳は七十代半ばぐらいか。

「ちょっと。下落合さんと、同い年ぐらいじゃない。こりゃ面白くなってきましたよ、って不謹慎か。ごめんね。とにかく、早く話を聞いて」

秋津を気遣いながらも好奇心で小鼻を膨らませ、正丸が促す。上目遣いにこちらを見、元加治は口の端を上げて笑った。

「了解《ラジャー》」

辟易《へきえき》したさくらは、

「……キザって、漢字だと『気に障《さわ》る』って書くのよね」

と呟《つぶや》いたが、聞こえなかったのか元加治はスマホを構えたまま身を翻し、下落合家に向かった。手前に元加治の肩の高さほどの鉄の門があり、その奥に短い石段、上が玄関だ。

レンガの門柱のチャイムを押すと、ややあってドアが開いた。顔を出したのは、ずんぐりとした四十代前半ぐらいの男性。

「突然すみません。先ほど何度かお電話したんですが、留守電なので訪ねて来ました」

「どなたですか？」

セールスか宗教の勧誘とでも思ったのかも知れない。男性は警戒と怯《おび》えの滲《にじ》む顔で返し、元加治の背後に視線を走らせた。すかさず、元加治がポケットから警察手帳を出す。

「警視庁捜査一課の元加治と申します。下落合昭吾さんはご在宅でしょうか。ご子息の賢人《けんと》さんですよね？」

「警察？　……どうぞ。入って下さい」

表情を緩め、ドアを開いて手招きをする。少し面くらいながらも礼を言い、元加治は玄関に向かった。

「二週間前に起きた事件について、お話を伺いたいんです」

「事件？」

「日曜日の午後に、お父様が指名客の一人だった銀座のホステスさんが遺体で発見されたんです。ただの確認ですし、お時間は取らせません——あ、録画もただの記録なのでお気になさらず」

話しながら、二人でタイル貼りの、さくらのアパートの半分ぐらいの広さがありそうな玄関で靴を脱ぎ、廊下を進んで突き当たりの部屋に入る。

居間だった。広さは三十畳ほどあるだろうか。手前に、ごつくて重たそうな椅子がセットされた大理石のテーブル。奥に幅の広い黒い革張りのソファがあり、向かいには大画面の液晶テレビ。突き当たりの背の高い窓の向こうは、冬の日差しに照らされた庭だ。興奮して騒ぐ正丸を、秋津がたしなめている。

「お引っ越しですか？」

勧められて大理石のテーブルにつきながら、元加治は訊ねた。スマホのレンズが動いて、部屋の隅に置かれたエアクッションに包まれた額縁入りの絵画や花瓶、オブジェなどを映す。はっきりとは見えないが、どれも高そうだ。

「いいえ。模様替えです。散らかっていて、すみません」

賢人さんの声がした。またレンズが動き、スマホの画面には元加治の向かい側に座る賢人さんの姿。てっきり別室にいる昭吾さんを呼びに行くのかと思っていたので、さくらたちは戸惑う。元加治もそういう顔をしていたのだろう。賢人さんは、視線を部屋の奥に向けた。

「父です」

元加治も、スマホのレンズを奥に向けた。

ソファの向かいに楕円形《だえんけい》のガラスのローテーブルがあり、上になにか載っている。写真立てだ。銀製と思しき長方形のフレームの中に収められているのは、白髪頭で面長の男性の写真。傍らには、百合《ゆり》を活《い》けた花瓶も置かれていた。

「えっ。まさか、亡くなられたんですか？」

さくらの胸に浮かんだのと、同じ疑問を元加治が投げかける。頷く気配があり、賢人さんは答えた。

「はい。二週間前の土曜日の朝でした。肺がんで、長いこと治療していたんですよ」

「土曜日の朝……そうですか」

　スマホから元加治の声が流れる。呆然としているのか、レンズは昭吾の写真に向いたままだ。

「父を疑ってるなら、間違いですよ。父は亡くなる五日前に入院して、ずっと僕か妻が付き添ってましたから。そもそも、意識もほとんどない状態だったし」

　スマホから、賢人さんの声が流れた。言葉に深い悲しみと、少しの不快感が漂う。正丸と秋津も呆然としているようで、無言だ。

　息を吸う気配があり、元加治がなにか言おうとした。と、ドアの開く音がして居間に誰かが駆け込んで来た。

「パパ、ただいま！」

　少しくぐもったかわいい声がして、画面を小さな人影が横切った。我に返ったのか、元加治がスマホを構え直す。画面に、テーブルの向かいに座る賢人さんと、傍らに立つ五つぐらいの女の子が映しだされた。黒く艶やかな髪をさくらと同じツインテールに結い、明るいピンクのフリースパーカ、ジーンズという格好だ。

「お嬢さんですか？」

元加治の問いかけに、女の子を抱き上げながら賢人さんが頷く。

「ええ。結菜《ゆうな》といいます……ご挨拶は？」

促され、結菜ちゃんはこちらに向かって、ぷっくりとした手を振った。

「こんにちは」

「こんにちは。お熱があるのかな？　大丈夫？」

優しい声で、元加治が訊ねる。結菜ちゃんは額にジェル状の冷却シートを貼り、口にマスクをしている。

「ええ。ちょっと風邪《かぜ》を引いちゃって」

苦笑して賢人さんが答え、結菜ちゃんは声を張り上げた。

「あのね、今日はお注射したの。でも結菜、泣かなかったよ」

「あら、お客様？」

もう一つ、別の声と足音がして画面の端に女性が現れた。歳は三十代前半。すらりとした体を結菜ちゃんのものと同じデザインの青いフリースパーカと、深みのある赤のロングスカートで包んでいる。

「いえ、もう失礼します。奥様ですか?」

立ち上がる気配があり、元加治が訊ねる。

「はい」

怪訝そうながらも、奥さんは笑顔で会釈をした。派手めの目鼻立ちの美人だ。娘さんのものなのか、腕には薬の袋を抱えている。どれも大きく、五袋ぐらいあるだろうか。

ふと、さくらの胸に違和感がよぎった。しかし正体がわからず戸惑っている間に、元加治は挨拶をして居間を出た。

下落合家を出たところで元加治は電話を切り、さくらたちも作業に戻った。

午後二時。作業は大詰めに入った。

通気緩衝シートを貼り終えた床面に、ウレタン樹脂性の防水剤を塗っていく。防水剤は乾くまで一晩かかるので、日が暮れる前に塗り終えなくてはならない。乾いたら、さらにもう一度防水剤を塗り、仕上げにトップコートと呼ばれる保護剤も塗り、ようやく作業は完了となる。

さくらたちは黙々と、頭にヘルメット、口にマスク、腰に命綱という格好で柄の長いローラーを使い、防水剤を塗った。四時を過ぎたところでめどが立ち、それぞれの持ち場に立ったままで休憩を取った。

「捜査はどうなったんだろう。元加治さんはさっき電話を切る前に、『次の手を考える』って言ってたけど。ねえ、久米川さん」

正丸が訊ねた。ローラーの柄の上端部分に両手と顎を載せて体重を預け、くつろいでいる。身をかがめて、手のひらで膝をさすっていたさくらは顔を上げ、返した。

「一時間ぐらい前に、『裏取りをしたが、下落合さんが亡くなったのも、賢人さんたちが付き添っていたのも事実』ってメールは来ましたけど」

「そりゃ、いくらでも付き添うでしょ。お父さんが亡くなれば、遺産がっぽりだもんね。模様替えだろうが、建て替えだろうが、やりたい放題。まあとにかく、先に亡くなってるんじゃ、下落合さんが凜香さんを殺すのは不可能だね。捜査は振り出しに逆戻りの、行き止まり状態——あ、ごめんね」

はっとして首を回し、正丸が秋津に謝る。秋津は片手でローラーの柄をつかみ、傍らのフェンス越しに外の景色を眺めている。夕陽《ゆうひ》が明かりの点《とも》るビル群のシルエットを、黒く浮かび上がらせている。風が弱まった代わりに気温がぐんと下がり、とくに足元が冷える。

「ほとんど同時期に二人が亡くなるって、どうなのかしら」

さくらたちに横顔を向けたまま、独り言のように秋津が言う。

「言われてみれば、そうだよね」

顔を上げ、意見を求めるように正丸がさくらを見る。

「確かに。家に飾られてた写真の下落合さんは、凜香さんのお父さんに似てたし」

「うんうん。マンションの住人が見たのは、下落合さんだったのかも。二人の死には、つながりがあるんじゃない？」

「でも私は、結菜ちゃんでしたっけ？　賢人さんの娘さんが気になるんですよね」

「どんな風に？」

「さあ。考えてはいるんですけど、寒いし臭いし、膝は痛いし……取りあえず、やっちゃいません？　時間もないし」

「あら。珍しく前向きな発言。よし、作業再開。一気にフィニッシュと行きましょう」

声を張って告げ秋津も促し、正丸はローラーを足元に置いた防水剤入りの缶に浸した。

それから三十分ほどかけ、残りの作業をした。扇状の作業区域を三分割し、後ろに下がりながら床面にローラーをかけていく。扇の要の部分に当たるゴールに辿り着いたのは、午後五時前だった。

「終わった～！」

「お疲れ～。やり遂げたね、がんばったね」

マスクを外してローラーと缶を足元に置き、さくらはバンザイをした。隣の正丸もマスクを外し、満足げに作業区域を眺めている。ゴールは床面から一段高くなったコンクリートの狭いスペースで、左右をフェンスに囲まれている。

事件が気になるのか、一人黙ったままの秋津の肩を、正丸が叩いた。

「そう考え込まないで。業務管理課に戻って温かいお茶でも飲んで甘い物を食べれば、知恵が浮かぶかもよ。でしょ、久米川さん」

「知恵はともかく、甘い物は賛成。麻耶さんたちにもらった大福、仕事前にかなり食べちゃったけど、まだ残ってますよね」

思い出して想像するなり、お腹《なか》がぐう、と鳴る。呆《あき》れたように眉《まゆ》を寄せながら笑い、正丸はローラーを抱え、缶の持ち手をつかんだ。

「はいはい。じゃあまずは、道具を屋上の出入口に運んで——あれ？」

コンクリートの段から下りかけて、正丸は動きを止めた。続こうとしたさくらは、肩越しに訊ねた。

「はい？」

「下りたらまずいよね？」

訊き返し、正丸は段の下を指した。つられて、さくらも目を向ける。

段の下には、いま塗ったばかりの防水剤。確かにまずい。そして、その先の床面にも防水剤がたっぷり。出入口ははるか向こうだ。

状況を飲み込めずにいると、正丸が騒ぎだした。

「まずい、戻れないよ。最初に作業を始めたのって、久米川さんだよね。手前から奥に向かってやったでしょ？　ダメだよ～。奥から手前じゃなきゃ」

「ああ、そういうこと」

合点がいき、つい頷いてしまう。すると、正丸は顔を険しくしてさらに騒いだ。

「納得してる場合じゃないでしょ。どうするの？ 足跡を付けちゃったら作業が台無しになるし、後ろはフェンスだから迂回路《うかいろ》もないよ」

「すみません……でも、全然気づかなかった課長と秋津さんもどうなのかなあ、って」

「だって、緊張してたし。僕、高いところは苦手なんだってば！」

手足をバタつかせ、正丸が訴える。勢いに圧《お》されながらも、「子どもか？」と心の中でさくらが呆《あき》れていると、正丸は続けた。

「そもそも、こんな基本中の基本を間違えると思わないじゃない。ねえ、秋津さん」

話を振られ、秋津は隣の正丸を見た。落ち着いた様子なので、たしなめてくれるのかと思いきや、

「言えてる」

と返し、さくらに醒《さ》めていながらも微妙に棘《とげ》を含んだ眼差《まなざ》しを向けた。身動きもままならないスペースで二人に責められ、さくらの胸に焦りが押し寄せる。

「だから、すみませんってば。とにかく、スマホで助けを呼びましょう。きっといい

方法が」
「どんな？　誰か呼んだって、呆れてバカにされるのがオチだよ。もう、出だしから
して間違ってるんだから。逆だよ、逆！」
顔を突き出し、正丸は責め続ける。さくらは身を縮め、立てた手のひらで飛んでく
るツバを避けながら、ずりずりと後退した。
「おっしゃる通り。お怒りはごもっとも」
苦し紛れに返したその瞬間、頭の中が激しくスパークした。驚きと戸惑いで焦りが
吹っ飛び、棒立ちになる。そして押し寄せる、いつもの映像と音声のフラッシュバッ
ク。
「遺産がっぽり」「先に亡くなってるんじゃ、下落合さんが凛香さんを殺すのは不可
能」という、さっきの正丸の言葉。スマホの画面で見た、賢人さんの警戒と怯えの滲
む表情。エアクッションで梱包《こんぽう》された、絵画や花瓶。そして、冷却シートとマスクに
挟まれた、結菜ちゃんの大きくキラキラした瞳と、奥さんが抱えたたくさんの薬袋。
「出だしからして間違ってる」「逆」。必死に考えながら、指に髪をくるくると巻きつ
ける。と、誰かに手を握られた。視線を下ろすと、秋津が正丸を押しのけるようにし

て腕を伸ばし、自分を見ている。

「わかったのね？」

頷き、さくらは口角を最大限に上げて微笑《ほほえ》み、気持ち声を低くして返した。

「謎は解けたよ、ワトソンくん」

「ドラマ『ケータイ刑事《デカ》 銭形愛《ぜにがたあい》』より、宮崎《みやざき》あおい演じる主人公・銭形愛の決め台詞」

遠くを見ながらの、恒例の秋津による解説。しかし眼差しと口調は、いつになく熱っぽい。

「えっ、犯人わかったの？ そりゃよかった――いや、よくない。どうすんのよ、この状況！」

悲鳴めいた声とともに、正丸が天を仰ぐ。と、それに応えるように上空からバラバラという音が聞こえてきた。正丸が口をつぐみ、さくらと秋津も頭上を見た。

夕焼けに染まる空を、黒い機影が近づいてくる。ヘリコプターだ。通り過ぎるのかと思いきや、こちらに近づくにつれ高度を下げる。屋上に着陸するつもりだろうか。

ヘリポートまではかなり距離があるが、機体が大きいせいか強風が吹き付け、足元が揺らぐ。

なにか事件でも起きたのかと、さくらは顔の前に腕をかざして風を避けながら、機体に目をこらした。しかし青地にオレンジ色のラインの入った警視庁航空隊のヘリコプターではなく、全体が真っ黒だ。

「なにあれ。久米川さん、助けを呼んだの？　でも、ヘリはやりすぎなんじゃ」

プロペラの回転音にかき消されそうになりながら、正丸がさくらの耳元に訴える。首を横に振って返事をしようとして、秋津が自分の手をしっかりと握り続けているのに気づいた。

ヘリコプターは着陸態勢に入った。風はますます強まり、プロペラの回転音がお腹に響く。構わず、さくらは作業服のポケットに手を入れスマホをつかんだ。

3

廊下の角を曲がってすぐ、さくらは状況を理解した。業務管理課の前に男性職員が集まり、開け放たれたドアから中を覗いている。昨日とまったく同じパターンだ。

「はい。どいてどいて」

なにか言ったところで無視されるのはわかっているのでぞんざいに告げ、制服の胸にバッグを抱え、男性たちを押しのけて部屋に入った。

案の定、香水のかおりが押し寄せ、同時に甲高い声も耳に飛び込んできた。

「久米川ちゃ〜ん！　おはよう」

弾《はじ》けるような笑顔で、利羅さんが駆け寄って来た。昨日よりさらに露出度の高い、金色のドレス姿だ。

「おはよう。みなさん、わざわざお礼に来てくれたんだよ。また大福とか、お菓子もたくさんもらっちゃって。当分、三時のおやつには困らないね」

利羅さんの後ろから正丸が顔を出し、さくらたちの机に山盛りになった菓子折を指す。いくつかは開封されていて、月兎堂の大福の他、煎餅《せんべい》や団子、ケーキなどがあった。夢のような光景に目を奪われながら、さくらは返した。

「おはようございます。それは、ご丁寧に」

「いいって。久米川ちゃんも、捜査を手伝ってくれたんでしょ」

「『も』って？」

思わず訊き返し、利羅さんの肩越しに部屋の奥を見た。

制服姿の秋津が立ち、隣には沙世さんと麻耶さんがいた。沙世さんは深紅のスーツ、麻耶さんは派手な花模様の紫の着物に銀色の帯、指にはエメラルドの指輪、という出で立ちで、微笑みながらさくらに一礼する。加えて、周りには若い女の子たちも大勢いて、揃《そろ》ってフルメイクで髪を整え、ドレスやスーツ姿なので「月かげ」のホステスたちだろう。そして、その真ん中には元加治。いつものダークスーツ姿で前髪をいじりながら、したり顔で女の子たちになにか語っている。

後ろを振り向き、利羅さんが言った。

「どうやって事件の謎を解いたか、聞いてたの。元加治さんって、すごいね。たった一日、しかもわずかな手がかりで、犯人を突き止めちゃうなんて」

「謎を解いたのも、犯人を突き止めたのも、私なんですけど」不満は感じたが面倒臭いのでなにも言わず、さくらは自分の机にバッグを置いた。

「昨日はありがとう。いつもみたいに元加治くんの手柄、ってことにしちゃったけど感謝してるし、この借りは必ず返すから」

いつの間に近づいて来たのか、後ろから秋津が囁いてきた。女性たちの香水の芳香に秋津愛用のジャコウ系の香水も混じり、鼻がむずむずする。

「いえいえ、気にしないで下さい。本当にお構いなく」

気持ちは嬉《うれ》しいが、「借り」や「返す」の裏に潜んだものが恐ろしく、さくらは首を横に振った。表情を読んだのか、秋津はふっ、と笑い、

「いいのよ。こっちの気持ちの問題。時期が来たら、勝手に動くから」

と真顔に戻って告げ、虚《うつ》ろな目で遠くを見た。戦慄《せんりつ》し、さくらがその横顔を見つめていると、正丸の能天気な声がした。

「久米川さん。みなさんにお茶を淹《い》れて」

「はい」

これ幸いとばかりに、さくらは秋津のもとを離れ、ドア脇の棚に歩み寄った。上に載っている茶筒を取り、中の茶葉を傍らの急須に入れる。と、元加治がやって来た。

「いやもう、モテちゃって大変。今度俺らを『月かげ』に招待してくれるって。お前と秋津さんには、行きつけの店のホストを呼んでくれるらしいぞ。よかったな」

ハイテンションで捲し立て、さくらの肩を連打する。無視して半歩横にずれ、さくらは急須に保温ポットのお湯を注いだ。

「で、例によって、昨日お前に電話をもらってからのいきさつなんだけど」

元加治が続けようとしたので、つっけんどんに遮る。

「ゆうべニュースで見て、今朝新聞も読んだ。私の読み通り、犯人は賢人さんだったんでしょ。借金があったのよね」

「ああ。下落合さんが亡くなって、『遺産で借金をチャラにできる』と考えてたそうだ。ところが土曜日の夜に遺言状を開封したら、遺産のうちのかなりの額が、会ったこともないホステスに渡ると判明。そのままパニック状態で、凜香さんの自宅に押しかけた。彼女は遺産の件は知らず驚いてたそうだが、賢人に『親父《おやじ》をたぶらかした』と侮辱されてキレ、つかみ合いになった。結果、賢人は置き時計で凜香さんを撲殺してしまい、我に返って指紋を拭き取り、逃げだした」

「つまり、すべての始まりは下落合さんの死。それがきっかけで、凜香さんの事件が起きたのよね」

「ああ、だから『出だしが逆』か。昨日電話で言われた時には、意味不明だったけどな……賢人の部屋を調べたら、ジャケットの一枚にルミノール反応、つまり血のついた痕が認められた。所轄署の刑事が『DNA検査をすれば、すぐに誰の血かわかるぞ』と言い渡したら、すぐに犯行を認めたそうだ。根は気の弱いボンボンなんだろうな。昨日家を訪ねた時も、おどおどしてたし」

「そのくせ、元加治くんが警察手帳を見せたとたん、ほっとしてた。普通、刑事が家に来たら不安になったり、戸惑ったりするはずなのに」

「確かに。たぶん俺を、借金取りと勘違いしたんだな。居間にあった絵や花瓶は、金に換えて借金返済に充てる予定だった」

話しながら、元加治はごく自然にお盆に伏せてあった湯飲み茶碗を取り、棚の上に並べてくれる。ちょっと嬉しくなり、さくらは茶葉から早くお茶を出そうと、両手でつかんだ急須をぐるぐると廻《まわ》した。しかし勢いをつけすぎたのか、注ぎ口からお茶がこぼれて棚を濡らす。たちまち元加治は顔をしかめ、文句を言いながらお盆の上の布《ふ》巾《きん》を取った。

「でも、わからないことが一つ。結菜ちゃんには持病があるんでしょ。賢人さんが『風邪』って言う割には、奥さんはたくさん薬を持ってたし。持病が借金の原因かも？って思ったんだけど、違うのよね」

ごまかすつもりで会話のテンポを上げ、さくらも箱から引き抜いたティッシュでこぼれたお茶を拭いた。

「ああ。免疫系の難病らしい。だが、借金の原因は資産運用の失敗だ」

「免疫系？　確か凜香さんのご主人も」

「同じ病気だ。凜香さんは最近、患者のための基金の立ち上げを計画していた。アイデアの段階だったから、捜査に浮かんでこなかったんだな。稼ぎは全部計画に充て、下落合さんがバックアップしていたようだ。マンションに行ったのは、打ち合わせのため。遺産についても、病気の人たちのために使って欲しかったんだろう」

最後はしみじみとした口調になり、元加治はさくらから急須を奪い、流れるような手つきで湯飲み茶碗にお茶を注いだ。

「それが結菜ちゃんのためになると思ったのね。このことを賢人さんは？」

「知らせたよ。呆然とした後、『死ぬ前に話してくれてれば、あんなことしなかったのに』って泣き崩れてたって。所轄署の刑事が、『親父《おやじ》さんは、孫は俺に任せて、自分のことは自分でなんとかしろ、って言いたかったんじゃないか。今からでも遅くない。全部話して罪を償い、親父さんの想《おも》いを受け継げ』と言い聞かせたら、頷いてたらしいぜ」

「そう。でも、凜香さんは気の毒。基金もどうなっちゃうのかな」

「心配するな。さっき俺が麻耶さんたちに伝えたよ。『私たちが引き継いで、必ず立ち上げて運営してみせる』ってさ」

「よかった。元加治くん、やるじゃない。さすがは顔は子どもでも、中身はオヤジの『父ちゃん坊や』」

「黙れ！『坊や』って言うなと、何度言わせれば――」

急須を下ろし、元加治が怒りだす。またお茶がこぼれ、今度はさくらが文句を言って布巾に手を伸ばした。

「えっ。なに、あの音」

利羅さんの声がして、同時にバラバラと聞き覚えのあるプロペラの回転音が聞こえだした。元加治、さくらの順で後ろを見ると、他のみんなも背後の窓を見ている。

女の子の一人が積み上げてある段ボール箱や事務機器の間から手を伸ばし、窓のブラインドを上げた。バラバラという音はさらに大きくなり、振動で窓ガラスが小刻みに震えた。

「昨日のヘリコプターじゃない？」

正丸が言い、秋津とさくらは頷く。元加治が訊ねた。

「『昨日の』って？」

「ちょっと失敗しちゃって、作業現場から出られなくなって困ってたの。そうしたらあのヘリコプターが来て、助けてくれたのよ。映画みたいに、上から縄ばしごがぽ～んと降りて来て――そうそう。ヘリコプターに乗ってた人たち、元加治くんに用があるみたいよ」

「俺に？　なんの？」

「知らないけど、みんな外国の人。浅黒い肌に、金髪で青い目。話してる言葉はちんぷんかんぷんなんだけど、みんな高そうなスーツを着て目つきが鋭くて、カッコよかったなあ」

さくらはうっとりと返したが、元加治はみるみる青ざめ、顔を引きつらせた。

「その連中に俺のこと、なにか話したのか？」

「うん。『モトカジ』だけ聞き取れたから、ジェスチャーで『捜査中だけど、明日は朝一で来るはず』って伝えておいた」

「ボケ！　なんで伝えるんだよ。それたぶん、俺をヘッドハントした連中だぞ。今回は南太平洋に浮かぶ小さな島なんだが、諸大国に強いコネと影響力を持ち、フィクサーとして暗躍してる。そこの国王の耳に、なんでか俺の評判が入って『国家警備隊長としてお迎えしたい』と誘われたんだ。もちろん断ったが、『我が国にお連れすれば、気が変わるはず』と強引で——おい。まさか、あいつら俺を」

元加治はなにか続けたがプロペラの音がさらに大きくなり、よく聞こえない。ヘリコプターは庁舎のさくらたちの真上に移動したようだ。

「久米川さん！　ヘリコプターの人たちにも、お菓子をお裾《すそ》分《わ》けしない？　昨日のお礼をしないと」

声を大きくして、正丸が天井と机上のお菓子を交互に指す。

「ナイスアイデア……元加治くん。持って行ってくれる？」

「行くかよ！　二度と戻ってこれねえよ……屋上に着陸、ってことは警視庁の上層部にも話が通ってるんだよな。ヤバい。いろんな意味で超ヤバい。どうする、俺？」

棒立ちになったまま切羽詰まった表情で、元加治が呟く。さくらは聞こえないふりで、棚を離れた。

「ついでに、私たちもちょっと食べましょうよ。今日も作業が大変そうだし……あ、私は大福を三個キープで」

プロペラの音が響くなか上機嫌で正丸に語りかけ、さくらは足取りも軽く机に向かった。

第五話

桜田門のさくらちゃん

1

正丸《しょうまる》のハミングは、「ジングルベル」から「赤鼻のトナカイ」に変わった。うるさい上に調子外れで鬱陶《うっとう》しくなり、久米川《くめがわ》さくらは同意を求めて後ろを振り返った。しかし秋津《あきつ》は、スマホ弄《いじ》りに夢中。気だるげに首を約十度傾けてはいるが、いつになく真剣な表情で指を動かしている。

「いよいよ明後日《あさって》は、クリスマスイブか。パーティだプレゼントだ、って嫁も娘も大盛り上がりだよ。こんなのまで作っちゃってさ」

ハミングを中断し、正丸は隣を歩くさくらにアームカバーをはめた腕を突き出した。赤いコットンの生地に、クリスマスツリーやプレゼントの箱などのイラストがちりばめられている。中にはサンタクロースと思《おぼ》しき白髪頭に白いヒゲの老人の顔もあったが、なぜか不機嫌そうに口を引き結んでいて、ちょっと怖い。

「はあ」

「ちなみに二人はどうするの？　セクハラじゃないよ。上司としてのスケジュール確認」

「ご想像にお任せ、かな……十九時に銀座《ぎんざ》の『レカン』でディナー、そのあと赤プリのスウィートにチェックインして」

秋津が返す。後半は呟《つぶや》き声になり、なにやらスマホに打ち込んでいる。

「『赤プリ』って、赤坂《あかさか》プリンスホテル？　とっくに閉鎖、てか解体されたはずですけど」突っ込もうかどうしようか迷っていると、正丸に訊《き》かれた。

「久米川さんは？」

「スケジュールもなにも、毎年イブは残業ですよ。課長と秋津さんがさっさと帰っちゃうから、残った仕事は私がやるハメに」

「ごめんごめん。でも二十五日の朝に、僕も秋津さんもプレゼントを持って来てるでしょ」

「冷えたローストチキンと、パサパサになったケーキね――あ、秋津さん。オープンハートのペンダントとか三連のリングとか、もらったけどいらないプレゼントは今年から私じゃなく、リサイクルショップに持って行って下さいね」

振り向き、やさぐれた口調で告げるさくらを正丸が「まあまあ」となだめ、それを行き交う人が怪訝《けげん》そうに眺めて行く。

警視庁舎、午前九時過ぎ。十二月に入って冷え込みは強まり、廊下の窓はエアコンの暖気で結露している。

やり取りしながら歩き、現場に到着した。ドアには「刑事部証拠物件保管室」のプレート。六階にあるこの部屋の整理と清掃が、さくらたち業務管理課に与えられた今日の仕事だ。

正丸が壁のセンサーパネルにＩＤカードをかざし、ドアのロックを解除した。その名の通り犯人や被害者の遺留品、凶器など事件の証拠品を保管している部屋で、セキュリティは厳重だ。

「へえ。初めて入ったけど、狭いんですね」

室内に進みながら、さくらは左右を見回した。ロック解除とともに照明が点《つ》く仕組みなのか、八畳あるかないかの部屋を蛍光灯が照らしている。等間隔で並んだ背の高いスチール棚に収められているのは、段ボール箱。前面に、番号と事件の名前を記したラベルが貼《は》られている。

「最近の事件のだけだからね。過去の事件のものは、別のもっと広い部屋にある」

そう説明し、正丸はスラックスのポケットから折りたたんだ書類を出した。作業の指示書で、これに従って段ボール箱を並べ替えたり、運び出して必要としている部署に届けたりする。結構な重労働な上に部屋には窓がなく、「動いていれば温かくなるから」とエアコンの使用は禁止。おまけにセキュリティの関係で、携帯の電波も入らないという。

それぞれの持ち場を決め、移動した。さくらの担当は奥の壁際だ。薄暗く埃《ほこり》っぽく、寒い。持参したマスクをはめ、作業対象の箱の番号が書かれた書類と脚立を手に、棚と棚の間の狭い通路を進んだ。

「懐中電灯を持ってくればよかったな。あと、温かい飲み物とお菓子」

そう呟いたとたん、棚の向こうから正丸の声が飛んできた。

「ここ、飲食禁止だから。物陰でこっそり、とかもなしね」

「わかりましたよ。前にも言いましたけど、私は野良ネコじゃないんだから」

首を回して憤慨しようとした時、視界の端をなにかがかすめた。通路の突き当たりで、黒い影が動いている。

お化け？　いや、普通に考えて泥棒か。不安になり、脚立を置いて通路を戻り、正丸と秋津を呼びに行く。

小声で事情を話し、三人で改めて通路を進んだ。正丸はドアの脇に置かれていたモップ、秋津は、「証拠品」のシールが貼られたジップバッグ入りのトンカチを持っている。段ボール箱のどれかから出したのだろう。

進むにつれ、シャカシャカという音が聞こえてきた。イヤフォンから漏れる音楽のようだ。人影の動きも、明らかになった。こちらに横顔を向けた格好で立ち、脚を交互に高く上げて歩いている。同時に、両腕を前に突き出して平泳ぎをする時のように後ろに掻《か》く。脚も腕も動作はスローモーションのようにゆっくりで、突き当たりの壁の前まで行っては方向転換して戻る、を繰り返している。シルエットからして、スーツを着た男だ。

「なにあれ」

思わず呟き、正丸たちを振り向こうとした刹那《せつな》、薄暗がりにきらりと光る、懐中時計に気づいた。

「元加治《もとかじ》くん？」

問いかけながら歩み寄る。人影が動きを止めてこちらを見たので、さらに問うた。

「それなに？　コントの宇宙遊泳みたいだけど、実は背が伸びる体操だったりして。なら、私にも教えて」

「アホ。そんな体操ねえし、あっても絶対教えない。これはちょっとした訓練――あ、どうも」

やはり元加治だ。耳からスマホに接続しているらしいイヤフォンを抜き、近づいて来る。さくらの後ろの正丸たちに気づいて、会釈をした。今日も仕立てとセンスはいいが、童顔とのアンバランスさが気になる三つ揃《ぞろ》いのダークスーツ姿だ。

正丸は顔の脇に構えていたモップを下ろし、マスクも引き下げた。

「驚かさないで下さいよ。こんなところでなにやってるんですか。捜査一課は今、例の事件で大忙しでしょう」

「事件って？」

さくらの疑問を待ち構えていたように、秋津もマスクを下げて進み出た。

「五日前の昼過ぎ。部下が出社せず、連絡も取れないのを心配した東京・八重洲《やえす》の銀行員の男性が新宿《しんじゅく》区内のアパートを訪ねたところ、部下でこの部屋に住む野方一朗《のがたいちろう》さん・三十二歳が包丁で胸を刺され亡くなっているのを発見。目撃者はおらず、現場の指紋も拭《ふ》き取られていたが、野方さんは同僚女性、入曽《いりそ》ひかり・二十九歳と交際中で、事件の朝、入曽は勤務先に『風邪《かぜ》で休む』と電話してきて以来行方不明になっている。また現場アパートの住人の『度々入曽を見かけたが、最近は野方さんとモメていた様子で、四日前の夜も激しい言い争いをしていた』という証言もあり、捜査一課は重要参考人として入曽の行方を追っている」

「解説ありがとうございます。で、その入曽って人は捕まえたの？」

秋津に一礼し、さくらは元加治を見上げた。

「いや。所轄署と一緒に立ち寄りそうな場所はもちろん、ホテルやネットカフェ、駅に空港と、くまなく捜してるんだが見つからない。どこに隠れているんだか」

「人が多くて、街中浮き足立ってる時期だから……ところでそれ、『スター・ウォーズ』のテーマ曲よね」

前髪を搔き上げ、秋津が元加治のイヤフォンを指す。言われて、さくらも漏れ流れ続けている曲のタイトルに気づいた。

「確か、東京ディズニーリゾートに『スター・ウォーズ』のアトラクションがあるのよね。イブの晩に行くつもりとか？　誰かさんを誘って」

続けて、秋津が問うた。「誰かさん」のところでは、さくらに意味深な流し目を送る。しかし元加治は首を大きく横に振り、ジャケットのポケットを探った。

「そんなヒマありませんよ。なんとしてでも、入曽を見つけないと」

他《ほか》になにか四角くてかさばるものが入っているらしく、手間取りながらスマホを引っ張り出し、音楽を止めた。そして、

「てな訳で、聞き込みに行く。これは野方さんの事件の証拠品だ。しまっておけ」

と、傍らの棚の端に載っていた段ボール箱を取ってさくらに押しつけ、歩きだした。

呆気《あっけ》に取られ、その背中を見送るさくらに秋津と正丸が言う。

「あら、残念」

「元気出して。二十五日の朝、シャンパンも持って来てあげる。子ども用のだし、気が抜けてるかも知れないけど」

「『残念』ってなにがですか。あと、残りものはいりませんってば」

言い返しながらも、ちょっとがっかりしている自分に気づく。ディズニーリゾートはないにしても、「どうせメシは食うし」とかなんとか言って食事ぐらいは誘ってくれるかも、と考えてはいた。

「寒い」「だるい」とグチったり、作業した箱の事件や中身の証拠品について語り合ったりしながら作業をした。昼休みになったので食堂に行き、正丸は愛妻弁当、さくらと秋津は定食を食べたのち業務管理課で一服し、午後一時ギリギリになって証拠物件保管室に戻った。

「おや」

センサーパネルにＩＤカードをかざそうとして、正丸は動きを止めた。肩越しに、さくらが覗《のぞ》く。

「どうしました？」

「ドアが開いてる。さっき最後に部屋を出たの、久米川さんだよね？　閉め忘れたんでしょ」

「そうかも。すみません」

「ダメだよ〜。『バカの三寸、マヌケの五寸』ってことわざもあってね」

小言とともに正丸がドアバーを引き下げて部屋に入り、さくらもぺこぺこ謝りながら続いた。最後尾の秋津は我関せずと、手鏡を覗いている。

マスクを装着し、それぞれの持ち場に戻った。と、さくらの目に通路の奥で動く人影が映る。

元加治くん、戻って来たの？　思ったそばからイタズラ心が湧《わ》き、足音を忍ばせて前進した。人影は突き当たりの棚の前に、こちらに背中を向けて立っている。

接近し、さくらは人影の背中を両手で勢いよく叩《たた》いた。

「わっ！」

あれ？　元加治くん、痩《や》せた？　背もさらに低くなったような。違和感を覚えるのと同時に、悲鳴が上がった。

「きゃっ！」

振り向いたのは、女。さくらがぎょっとすると、女は両手に握ったものを突き出してきた。薄暗がりで、なにかが光る。しかし懐中時計ではなく、ナイフ。刃渡りは十センチほどあるだろう。

反射的に両手を上げたが状況を把握できず、さくらはナイフと女を交互に見た。

「なに？　どうかした？」

声が聞こえたのか、棚の向こうで正丸の声がした。返事できずにいると、二つの足音が通路を近づいて来た。はっとして、女が薄暗がりから進み出る。

「来ないで！」

尖《とが》った声で正丸たちに告げた。片手でさくらの腕をつかみ、もう片方の手で胸にナイフを突きつける。

目を見開き、正丸が通路の中ほどで歩みを止めた。秋津も立ち止まり、こちらを見てマスクを引き下げる。

「えっ。あの、どちらさんで」

「うるさい！　奥に行って。早く‼」

うろたえる正丸を遮り、女はさくらを引っ張って脇に避《よ》け、顎《あご》で通路の奥を指した。

最初に動いたのは秋津だった。正丸を視線で促し、近づいて来る。脇を抜ける一瞬、女の顔に視線を走らせた。つられて、さくらも横目で女を見る。

中肉中背。軽くカラーリングしたセミロングヘアで、黒いロングコートを着ている。白い顔の下半分はマスクで隠れているが目は大きく、切れ長。美人だが目尻が上がっていて、ちょっとキツい印象だ。歳《とし》は三十前後だろうか。

正丸も秋津に続いた。女は二人を脇の壁の前に行かせ、さくらも合流させた。

「そこで大人しくしてて。抵抗したら刺すから」

三人のスマホを取り上げ、ナイフを構えて告げる。両手を上げたまま身を寄せ合い、さくらたちがこくこくと頷《うなず》くと、女はこちらを見たまま横歩きで移動し、さっきの棚の前に戻った。


「この部屋、時計ないんですね。秋津さん、いま何時かわかります？　私、昼休みに腕時計を業務管理課に置いて来ちゃったみたいで」

少しして、さくらは訊《たず》ねた。首を横に振り、秋津が返す。

「ごめん。明日にそなえて、つけてないの……今年のギフトはブルガリのスネーク、あるいはシャネルのプルミエールと予想。両方もらえたら、一つ久米川にあげるわ」

「いりませんってば。課長は？」

「僕もつけてない。スマホがあるからいいかな、と思って。そんなことより、あれ誰？　どうなってんの？」

怯《おび》えた様子で、正丸が囁《ささや》いてきた。

「知りませんよ。なにか探してるみたいですけど」

あくびをしながら、さくらは返した。不安で緊張もしているのに、いつも通り昼食後の眠気に襲われている。頭のぼんやり加減とまぶたの重たさからして、午後二時ぐらいか。女は依然棚の前。片手でナイフを構え、もう片方の手は棚の段ボール箱の中だ。こちらをチラ見しながら箱を覗き、引っ掻き回しては次の箱の蓋《ふた》を開ける、を繰り返している。

「スマホを取り上げたってことは、ここは電波が入らないと知らないからで、警視庁《けいしちょう》の職員じゃない。証拠品の中に、どうしても必要だったり、持ち出さないとまずいものがあるんでしょうね」

垂れた前髪の隙間《すきま》から女を見て、秋津が分析した。

「ああ。ドラッグとか凶器とかね――って、まずいじゃない！　犯罪の関係者？」

ノリツッコミで騒ぎかけた正丸だったが、女に睨《にら》まれ、慌てて口をつぐんで一度下げた両手を上げた。さくらも両手を上げ、「すみません。大人しくしてます」のつもりで会釈をする。女が証拠品漁《あさ》りを再開するのを確認してから手を下ろし、正丸に向き直った。

「犯罪って、なんの？　ここにあるのは、最近の事件の証拠品なんですよね……元加治くんが言ってた、銀行マンのやつだったりして。東京中捜しても見つからない重要参考人、つまり容疑者が警視庁の中に！　とか」

俯《うつむ》き、うくく、と笑ってしまう。眠気は消えたが、脇腹を正丸に突《つつ》かれた。

「まだ容疑者って決まった訳じゃないでしょ。腹黒も時と場所をわきまえてよね。ネットに入曽の写真が出回ってて、歳や背格好は確かにあの人に近い。でも、顔と髪型は全然違うよ」

すると、ふっ、と鼻を鳴らし秋津が笑った。視線を向けたさくらたちに、前髪を掻き上げながら告げる。

「これだから男は……髪型はウィッグ、顔立ちは化粧でいくらでも変えられる。別人に化けるのなんて、ちょちょいのちょいよ。なぜなら、女は女優だから」

後半はなにかのモードに入ったらしく、顔を上げて空《くう》を見る。「『ちょちょいのちょい』って、おまじないかなにか？　『ちちんぷいぷい』と同じ？」疑問をぶつけるべきか、さくらが躊躇《ちゅうちょ》していると正丸が身を乗り出した。

「でも、どうやって庁舎内に？」

「たぶん市民向けの見学ツアー。前日まで申し込みを受け付けてるし、氏名や生年月日は訊かれるけど、庁内に入る際のＩＤの確認はない。修学旅行とかの団体客に紛れ込み、移動中に引率の職員の目を盗んで抜け出せばＯＫ」

「じゃあ、あれは入曽ひかり？」

さらに怯え、正丸は通路の先に視線を向けた。女はこちらにナイフを向けたまま、段ボール箱漁りを続行中だ。足元の床には取り出して捨てたのか、複数の証拠品が転がっている。よく見えないがノートや手帖《てちょう》のようで、空になったジップバッグもあった。

ふと気づき、さくらは呟いた。

「てことは」

そっと前に出て、傍らの棚に向かう。棚板の端に載っていた段ボール箱を抱えて戻り、脚の後ろに隠した。箱は軽く、中のものがぶつかり合いながら底を滑る感触があった。

一緒に箱の前に立って隠すのを手伝ってくれながら、正丸がまた囁いた。

「久米川さん、それまさか」

「銀行マンの事件の証拠品。しまうのを忘れてました。これを渡せば、出て行ってもらえるかも」

「なに言ってんの。証拠品を奪って、罪を逃れるつもりなんだよ？　絶対渡しちゃダメでしょ。それに目的を果たした犯人が口封じで人質を殺すのは、映画やドラマによくあるパターンで」

「なら、捕まえて下さい。相手は女ですよ」

「わかってるよ！　でも仲間が隠れてる可能性もあるし、こういうのは慎重に、タイミングを見極めなきゃダメなの」

いつの間にか声が大きくなっていたらしい。ナイフを握りしめ、女が近づいて来た。

「うるさい！　大人しくしろ、って言ったでしょ」

「す、すみません」

顔を引きつらせ、正丸が両手を上げた。ならいかけたさくらだったが、ある思いが胸をよぎった。

作業はまだ半分近く残っている。明日は祭日だけど明後日のイブは絶対残業だし、今日は定時で帰りたい。ううん、なにがなんでも帰る。

決意を固め、体を捻《ひね》って後ろの段ボール箱を抱え上げた。

「ひょっとして、入曽ひかりさん？　お探しのものはこれかも」

蓋を開けて箱を突き出し、中身を見せる。ぴくり、とナイフの刃先が揺れ、女の表情が固まった。

「どうぞ、持って行って下さい」

少し手前で立ち止まり、首を伸ばして箱を覗く女に訴える。無言だが、眼差《まなざ》しは真剣。本当に入曽のようだ。

「ダメだってば！　警視庁職員の信念と誇りはどうしたの」

両手を上げたまま、正丸が訴えた。「『定時退庁』が、私の信念と誇りです。それにあの人が出て行ったあと警備に連絡すれば、捕まえてくれますよ」そう言い返そうと、さくらは首を回す。それより早く、入曽が動いた。

「違う！　今度騒いだら、殺すからね」

噛《か》みつくように言い渡し、体を反転させる。そしてショートブーツの足音を響かせて棚の前に戻り、段ボール箱漁りを再開した。

2

それから正丸が、「今年の春にも、犯人を投降させてるし」とさくらたちの前に立ち、入曽と交渉を始めた。「一人じゃないから」「諦めないで」等々、J-POPの歌詞に登場しそうなフレーズを多用して説得を試みたが、入曽はナイフを構えたまま鬱陶しげに、「うるさい!」と返すだけ。仕方なくさくらと秋津は、脱出の糸口を求め、銀行マンの事件の証拠品を改めだした。

「すごい、別人だ。こりゃ、捜査一課も見逃しちゃうわ」

感心して、さくらは息をついた。手にしているのは、事件の被害者・野方さんのスマホ。電波は入らないが電源は入った。画面に並んだアプリのアイコンからアルバムを選び、チェック中だ。

正方形に区切られた画面に、たくさんの写真が表示されている。男女のツーショットが多く、イケメンではないががっちりした体型で手脚の長い男性は、野方さん。隣に写る女性は入曽だろう。だが、優しく愛らしい顔立ちで、ヘアスタイルも黒髪のショートだ。

「でもこの写真の顔も、すっぴんとはほど遠いわよ……ファンデは、ベージュとピンクの二色遣い。頬《ほお》の高めの位置にチークを入れ、リップはオーバーライン気味に描き、唇のふっくら感を演出。典型的な『愛され顔メイク』ね。反対に今してるのは、つり目強調の『クール系メイク』。どちらもテクニックはプロ級。さすがの私も、シャッポを脱ぐわ」

画面を覗き、秋津がコメントした。さくらの隣で、野方さんの財布を調べている。箱の中には他にキーホルダー、血まみれのシャツとジーンズ、凶器の刃渡り二十センチほどの包丁がジップバッグに収められて入っていた。

「『シャッポ』って、童謡？　『汽車ポッポ』的な？　……とにかく、ただ者じゃないってことですね。野方さんとつき合ってたのも、なにか狙いがあったのかも。でも、職場は和気藹々《わきあいあい》と楽しそう。銀行なら、お給料もいいんだろうなあ。それに引き換え、こっちは」

状況を忘れ、ついボヤいてしまう。他にも、職場らしき場所でスーツにネクタイ姿の男性とおどけたポーズを取っている野方さん、制服を着た女性たちとピースサインをかざしている野方さんと入曽、などの写真があった。

続いて、さくらはメールのアプリを立ち上げた。入曽の反応は相変わらずだが、正丸は交渉を続けている。

仕事相手と男友だち、家族とのやり取りが少し。残りは全部入曽とのメールだ。一年以上前からつき合っていたようで、デートの約束や旅行の思い出話、お互いのここが好き等々、仲むつまじいことこの上ない。はじめは微笑《ほほえ》ましく読んでいたさくらも、だんだんげんなりしてきた。しかし秋になった頃から、やり取りに変化が現れた。

「なになに……『一朗くん。昨日沼袋《ぬまぶくろ》ちゃんとご飯食べたの？　彼女とは私も仲よしだし構わないけど、ひとこと言って欲しかったな』『ごめん。偶然会っただけだから、心配しないで』。ところが一週間もしないうちに、『銀行の裏で、沼袋ちゃんと密会してたってホント？　沼袋ちゃんは否定してるけど、見た人がいるの。正直に答えて』『会ってたのは本当だけど、仕事絡み。ウソじゃないし、浮気もしてない』。そして事件の直前にはついに、『ウソつき！　沼袋ちゃんを問い詰めたら、一朗くんに付きまとわれて困ってる、って答えた。最低！　絶対に許さない‼』『違うって！　俺が好きなのは、ひかりだけだよ。ずっと二人で時間を積み重ねてきたじゃないか。どうして信じてくれないんだ！』……うぷぷ。モメてるモメてる。この『時間』って、『とき』とか読ませちゃったりするんですかねえ」

送信と受信の画面を交互に見、スクロールさせながら読み上げる。不謹慎とは知りながらも、つい背中を丸めて笑ってしまった。聞こえたのか、入曽に語りかけながら正丸が振り向き、非難がましい視線を送ってきた。

秋津の白い手が伸びてきて、画面をアルバムに戻した。

「沼袋ちゃん？　……ああ、この人ね。一見地味だけど、隠れ巨乳。しかも美肌。エステとか化粧品とか、かなりつぎ込んでるわね。金持ちのお嬢か、『素肌は美の屋台骨』って真理を悟ってるか。どっちにしろ、敵に回したくないタイプだわ」

淡々と分析しながら職場の女性たちと写っているカットを拡大し、一人の女性を指す。歳は二十代半ば。確かに顔立ちはあどけなく華奢《きゃしゃ》だが、胸は大きく肌もきれいだ。制服の名札には、「沼袋陽奈《はるな》」とあった。

「じゃあ、野方さんたちがモメてた原因はこの人？」

「痴情のもつれ、ってやつね。野方さんは否定してるけど、目撃者がいたみたいだし……本当に、男ってやつは」

眉を寄せ、秋津が薄く笑う。また正丸に咎《とが》めるような眼差しを向けられたので、さくらはアルバムとメールアプリを閉じ、スタート画面に戻った。

「これ、なんでしょうね」

並ぶアイコンの一つが目に留まった。本棚のイラストで、読書アプリかと思ったが下には「HOT STORAGE」とある。

「オンラインストレージじゃないかしら。ネット上にある貸倉庫よ。写真や動画、音楽なんかを保管するのに使われてるけど、過去や人に見られるとまずいものがある人にも、なにかと便利」

「へえ。そうなんですか」

最後のワンフレーズに不穏な空気を感じながらも相づちを打ち、さくらは本棚のアイコンをタップした。と、画面にＩＤとパスワードの入力を求める小窓が開いた。

「おっと、秘密の臭《にお》い。浮気の証拠写真なんかが入ってたりして」

小声で言い、さくらは正丸の体の脇から入曽に視線を送った。同時に、胸に疑問が湧《わ》く。

「それにしても、なにを探してるんでしょうね。罪を揉み消したいなら、凶器の包丁か、動機につながるメール？　でも、箱の中身を見せた時はスルーでしたよね」

「他にあるのよ。入曽の犯行だと、決定づけるなにかが」

そう返し、秋津は財布のチェックを再開した。

黒革で二つ折りのありふれたもので、奥が札入れ、手前にカード類を収めるポケットと小銭入れというつくりだ。札入れの現金は二万円ちょっと。奥から一万円札、五千円札、千円札と整理して収められていた。カード類はクレジットカード、レンタルDVDショップの会員証、銀行のキャッシュカードの順で、頻繁に使うもの順に収納と推測される。レシートやら割引券やら、もらったそばから突っ込むだけなので、いつもパンパン。友だちに「メタボ財布」「持ち主そのもの」と揶揄《やゆ》されているさくらの財布とは、比べものにならない。

「几帳面《きちょうめん》で真面目《まじめ》。堅実かつ誠実でもあると思う。堅物で融通が利かない、とも言えるけど」

「なるほど――ん？　これは？」

また目に留まるものがあり、さくらは財布に手を伸ばした。小銭入れの裏側もポケットになっているのだが、紙のようなものが覗いている。取り出して開くと、なにかの伝票のようだ。

「ジュエリーショップの注文書の控えみたいね」

素早く目を走らせ、秋津が言う。確かに罫線《けいせん》が引かれた注文書には、複写式伝票の青い文字で野方さんの氏名、電話とともに、「ダイアモンドリング　代金お支払い済み」「イニシャルオーダー　H・N」「クリスマスギフト包装希望」と記されていた。

下端には、さくらも名前だけは聞いたことのある、有名ジュエリーショップの名前とロゴマークが印刷されている。注文日は二週間ほど前で、できあがりは昨日だ。

「あれ、H・N？　入曽ひかりなら、H・Iですよね？　ひょっとしてこれ」

「ご名答。オーダーしたのは、沼袋陽奈さんのイニシャルよ」

秋津が断言し、その横顔を、さくらが驚きの眼差しで見る。

「えっ。じゃあ野方さんは恋人じゃなく、浮気相手にイニシャル入りの指輪を贈ろうとしてた。で、その証拠がこの注文書ってこと？」

こくりと、秋津が首を縦に振る。さくらは続けた。

「入曽は、この注文書を探してるんじゃないですか？　スルーしたのは、財布じゃなく別の場所に入ってると思ってるから」

「うんうん。たぶんそうだよ。さすが久米川さん」

くるりと、正丸が振り返った。説得しながら、話を全部聞いていたようだ。

三人で顔を見合わせ、改めて前方に目をやった。入曽はさくらが持って来た脚立を使い、棚の上段の箱を下ろそうとしている。片手はナイフでふさがったままだが、慣れてきたのか蓋を開けて中を漁り、元に戻す、という流れがスピードアップしている。同時に、黒いコートの背中からは、真剣さと必死さが伝わってきた。

3

ほどなくして、入曽は周囲の棚に収められた箱をすべて漁り終えた。どうするのかと思っていると、さくらたちを促し出入口の前に移動した。ドアを見張りながら、さくらたちに箱を取って来させて中を改める、という方法に切り替えたのだ。

「どうします？　そろそろなんとかしないと」

通路に立って棚の空いたスペースから首を突き出し、さくらは訊ねた。

「思ったんだけど、夜になっても僕らが戻らなければ、誰か探しに来るかも」

正丸が潜めた声で返した。隣の通路に脚立を置いて上り、棚の上段の箱を取っている。

「冗談じゃありませんよ！　私たちが戻らなくたって、誰も気にしないし」

「あ、やっぱそう？　いや僕もね、トイレに行きたいし、隙《すき》を見て一気に、とは考えてるんだよ。でもほら、あの人、なんか変じゃない？」

顎を上げてドアの方を窺《うかが》い、正丸は眉を寄せた。その脇で、箱を抱えて歩いて来た秋津が立ち止まり、ぼそりコメントする。

「言えてる」

つられて、さくらも斜め前方を向いた。

棚の隙間《すきま》から、ドアの前にいる入曽の横顔が見える。傍らに並ぶのは、さくらたちに運ばせた段ボール箱。片手にナイフを構え、もう片方の手で箱を開けて漁る、はこれまでと同じなのだが、ちょっと前から様子がおかしい。動きが目に見えて速く乱雑になり、ブツブツなにか呟いたかと思ったら、ため息をついて肩を落としたりしている。

「そりゃいくら箱を開けても、探してるものが見つからないんですから……ていうか、私も変なんですけど。さっきからそわそわするっていうか、体の奥の方からなにかこみ上げてきてる、っていうか」

それがなんなのかわからず、さくらは手のひらで二の腕をさすった。箱を抱え、注意深く脚立を下りながら正丸が言う。

「久米川さんも、トイレじゃない？　たぶん大きい方。お昼の定食のご飯、大盛りにしてたもんね。食べたら出る。自然の摂理ってやつですよ」

「違います！　ひどくないですか」

さくらが憤慨し、秋津も、

「ひどい。セクハラを通り越して、人としてどうなの？　ってレベル」

と冷ややかに同意する。慌ててなにか返そうとして脚立から落ちかけた正丸を二人で支えていると、ドアの前から声が飛んできた。

「なに喋《しゃべ》ってんのよ！　もう時間がないの。さっさと箱を持って来て！」

続いて足音もして、入曽がこちらに歩いて来る。棚の隙間から、ギラつく目と強《こわ》ばった白い頬が見えた。

「『時間』ってなんの？」疑問に思った時、さくらのそわそわとこみ上げるなにかが、ぐん、と勢いを増した。

どうしたの？　いつものスパークじゃない。すると、そわそわとこみ上げるなにかは一塊の強い衝動となり、さくらを揺さぶった。

勝手に腕が上がり、さくらは制服の胸ポケットを探った。取り出したのは、折りたたんだ小さな紙。移動させられる前に、証拠品の箱から出したものだ。

「探してるのは、これでしょ？」

衝動に追い立てられるように紙を広げ、通路を近づいて来る入曽に見せた。足を止めた入曽に、さらに言う。

「あげるから、とっとと出て行って」

「ダメだって！　切り札を渡してどうすんの」

隣の通路で、正丸が騒ぐ。手前で立ち止まり、入曽はさくらの手から紙を取った。数回視線を走らせ、怪訝そうに言う。

「なにこれ」

「指輪の注文書でしょ……えっ、知らないの?」

思わずタメ口になり、さくらは訊ねた。注文書を見たまま、入曽が頷く。

「初めて見た。彼がこれをオーダーしたの? でも、イニシャルH・Nって。まさか」

マスク越しに、細くかすれた声で呟き、視線をさまよわせた。注文書を持った手が震え、ナイフの刃先も下がる。

と、慌ただしい気配があった。入曽が後ろを振り向き、その肩越しに、さくらも前方を見る。正丸が、転がるようにして通路を駆けて来る。意味不明の言葉を叫びながら、入曽の左手に腕を伸ばした。

「課長、ナイスタイミング!」さくらも心の中で叫んだ。しかし緊張のあまりか正丸の動きはぎこちなく、するり、と入曽にかわされてしまう。正丸が体勢を立て直している間に、入曽は注文書を捨ててナイフを両手で握り、刃先を正丸に向けようとした。そうはさせじと、正丸も再び腕を伸ばし、両手で入曽の手首をつかむ。双方腕を伸ばして腰が引けた中途半端な姿勢で、揉《も》み合いになる。

「こんなのダメ! 苦しくなるだけだ」

腕を激しく左右に動かし、自分の手を振り払おうとする入曽に正丸が訴える。入曽は動きを止めず、うなるように言い返した。

「うるさい！」

「他に道はある。僕らも一緒に考えるから！」

「ウソよ！　もう誰も信じない」

再び入曽が言い返す。その声には、怒りとともに強い哀《かな》しみが滲《にじ》んでいた。意外に思ったさくらの目に、力みまくりながらも、かすかに震えている黒いロングコートの肩が映った。正丸も意外に思ったのか、入曽の顔を見て動きを止める。チャンスと感じたのだろう。入曽はいっそう激しく腕を振り回した。慌てて両手に力を込め直した正丸だったが、引っぱられて前のめりになる。

「危ない！」

二人の後ろで秋津が鋭く叫んだのと、正丸が喉《のど》の奥から聞いたことのない声を漏らしたのが同時だった。入曽がはっとして動きを止め、その足元に正丸が座り込む。ワイシャツの左の二の腕部分が破れ、血が滲《にじ》んでいる。

どきん、とさくらの胸が鳴った。状況は上手《うま》く飲み込めないのに、鳥肌が立って血の気も引く。それでも入曽を押しのけ、正丸に駆け寄った。

「課長！」

傍らに膝《ひざ》を折って座り、正丸の顔を覗く。

「大丈夫。ちょっと刃の先が当たっただけ」

俯《うつむ》いたまま目を動かしてさくらを見、正丸は笑った。しかしその顔はみるみる青ざめ、ワイシャツの赤い染みも大きくなっていく。

「ち、違う。刺すつもりじゃ」

すぐ後ろで、うろたえまくりの入曽の声がした。激しい怒りを覚え、さくらは立ち上がった。

「ふざけんじゃないわよ！」

振り向いて入曽に詰め寄る。目に涙をため、怯《おび》えたようにさくらを見返した入曽だが、ナイフは握りしめたまま。その刃には、わずかだが血がついている。

怒りはさらに増し、さくらは体の脇で拳《こぶし》を握りしめた。入曽を殴るつもりなのか、押さえ込みたいのか、わからない。でも、ナイフへの恐怖はまったく感じなかった。

「久米川。落ち着いて」

言われて首を回すと、正丸の向こうに秋津がいた。ヒールの音を響かせ、通路をゆっくり近づいて来る。いつものように首を約十度に傾けて、無表情。体の前に上げた右手には、拳銃を握っている。

さくらは呆気に取られ、正丸は声を上げた。

「な、なにやってんの!?『落ち着いて』は秋津さんでしょ。それまさか、証拠品の箱から持ち出したの？　まずいよ～」

右手で左腕の傷を押さえ、這《は》うように通路の端に逃れながら訴える。微動だにせず、秋津は拳銃を構えたまま正丸の脇を抜け、さくらと入曽の前に立った。

「超絶メイクテクに、惚《ほ》れた男への情念……残念ね。こんな出会いじゃなきゃ、友だちになれたかもしれない」

厳《おごそ》かかつ芝居がかった口調で告げ、入曽に銃口を向ける。

「やめなさいって！　僕は大丈夫だから。ほら、この通り――いててて」

力こぶをつくろうとして顔をしかめ、正丸は背中を丸めた。再び、さくらは正丸の元に移動した。

「動かしちゃダメです！　血を止めないと」

ワイシャツは、肘《ひじ》のあたりまで真っ赤に染まっている。さくらがスカートのポケットを探ったのを見て、顔をしかめたまま正丸が言う。

「ハンカチで傷口を縛るの？　久米川さんのは、イヤだなあ。一週間ぐらい替えてなさそうだし」

「毎日替えてますよ！」

「どうだか……アームカバーを使って。新品だから」

正丸が右腕を上げる。急いで、さくらはアームカバーを外した。やり取りしている間も、秋津は入曽に向けた銃口を動かさない。

「Go ahead, make my day……ちなみにこれ、映画『ダーティハリー』シリーズの、クリント・イーストウッド演じる主人公の決め台詞《ぜりふ》ね」

自分で解説を加え、慣れた仕草で撃鉄を起こす。短い悲鳴を上げ、入曽はナイフを下ろして後ずさった。

さくらの体の脇から、正丸が顔を出した。

「ダメだってば！　……ほら、久米川さんも止めて」

「大丈夫ですよ。ただの脅しで、あの拳銃もモデルガンかおもちゃでしょ」

「本物だよ！　見りゃわかるでしょ。それに秋津さん、前に『ファミリーの絆《きずな》は絶対。踏みにじったり傷つけたりする者は躊躇なく消せ、ってシチリアの男に教わったの』って、イヤ〜な感じに光る目で呟いてたんだよ」

「ウソ!?」

アームカバーを手に、さくらが振り向く。当然ながら警視庁内には、刑事部のものをはじめ相当数の拳銃、その他の銃器がある。しかしふだんは金庫で厳重に保管されているため、さくらたち事務職員が目にすることは稀《まれ》だ。

秋津は表情を変えず、引き金に指をかけた。ナイフを放り出し、さらに後ずさりした入曽だが、コートの裾《すそ》が脚に絡まって床に尻餅《しりもち》をついてしまう。

「秋津さんが犯罪者になって、どうするんですか！」

とっさに二人の間に割って入ろうとして、さくらは床に落ちているものに気づいた。入曽が捨てた、ジュエリーショップの注文書だ。並んだ青い文字の中で、なぜか「H・N」のイニシャルだけが浮き上がって見える。

「久米川さん、ぼ〜っとしない！」

「はい！」

正丸の声で我に返り、さくらは「ストップ」の意味で秋津に向かい両手を突き出した。その拍子に、右手に握ったままだったアームカバーが、だらりと垂れ下がる。生地にちりばめられているのは、この場にまったくそぐわないイラスト。クリスマスツリーにプレゼントの箱、にっこり笑う、サンタクロースの顔もあった。

違和感を覚え、さくらは一度通り過ぎた視線をサンタクロースの顔に戻した。

白髪頭と白いヒゲは、朝見た時と同じ。でも口は、不機嫌そうに引き結ばれていない。

「あれ？」

声に出して言い、手首を返してアームカバーをこちらに向ける。つられて、拳銃を構えたまま秋津がさくらを見た。

顔を近づけ、不規則に並んだサンタの顔を眺めた。どれも、口角を上げた優しい笑顔。疑問が湧き、さくらは反対側も確認しようと生地の下端を片手でつかみ、もう片方の手で上端をつかんで手前にひっくり返した。

「えっ!?」

クリスマスツリー、プレゼントの箱はまったく同じ。だがこちらのサンタは、朝見たのと同じ不機嫌顔だ。

「そうか。同じ顔でも、向きを変えると違う表情に見える仕組みなんだ。浮世絵にもありましたよね、なんとかいう名前で」

納得し、アームカバーをひっくり返しては戻す、を繰り返したが胸のもやもやは消えない。指が勝手に動き、髪の毛をくるくると巻き付けた。それを秋津が唖然《あぜん》と眺め、正丸は言った。

「上下絵《じょうげえ》ね。正しくは、浮世絵じゃなく錦絵《にしきえ》だけど」

「イエス！　それです」

声を上げ、指を髪の毛から抜く。とたんに、頭の中で火花が散った。

今度は本物のスパークだ。じゃあ、さっきのは？　新たな疑問がよぎるなか、映像と音声のフラッシュバックが始まった。

「沼袋ちゃんを問い詰めたら、一朗くんに付きまとわれて困ってる、って答えた」という入曽のメールの文字。秋津の「エステとか化粧品とか、かなりつぎ込んでるわね」の言葉。オンラインストレージの、ＩＤとパスワードの入力を求める小窓。写真で見た、あどけない沼袋さんの笑顔と、目の前にいる入曽の引きつった表情。そしてそこに二つのサンタの顔が重なる。

　そして最後にすとん、と胸に答えが落ちて来た。それをしっかり捕まえ、さくらは歯を見せて笑い、後ろを向いた。

「きみ、犯人じゃないよね」

　ぽかんと、入曽が見返す。口を開いてなにか答えようとした刹那、秋津が解説を加えた。

「テレビドラマ『キミ犯人じゃないよね?』より、要潤《かなめじゅん》演じる宇田川《うだがわ》刑事の決め台詞――あら。じゃあ」

　秋津もなにか言おうとしたが、さくらは、

「おっと。こうしちゃいられない」

　と呟き、ポケットの野方さんのスマホをつかんだ。これも、注文書と一緒に箱から出しておいた。

「え〜っと。元加治くんの番号ってなん番だっけ?」

　首を捻りながらドアを開け、ぽかんとしたままの三人を残して小走りに証拠物件保管室を出た。

4

さくらは口笛を山下達郎《やましたたつろう》の「クリスマス・イブ」から、ワム！の「ラスト・クリスマス」に変えた。しかしメロディーも歌詞も出だししか知らないことに気づいてやめ、隣を見上げた。

「正丸さん、明日には退院できるみたいで、よかったですね。ご家族も『一日遅れでクリスマスパーティもできる』って、喜んでたし」

「ええ。仲よしでステキな家族だったわね。とくに奥様……あんな美人で、ナイスバディだとは。正丸さん、ああ見えて実はモテ系？　ぬかってたわ」

前を向いて歩きながら遠い目で、秋津が返す。いよいよクリスマスイブとあって、いつになく化粧が濃く、髪を念入りに巻いている。香水もたっぷりつけているようで、さっきからさくらは何度かクシャミをしているが、浮かれているので気にならない。

「ホント、昼休み返上でお見舞いに行った甲斐《かい》がありましたね。『明日また買うから』って、正丸さんたちが食べるはずだったごちそうまでいただいちゃって。今夜、私一人で食べきれるかなあ」

続けながら、うふふと笑い、胸に抱えた四角い箱と手に提げた大きな紙袋を見下ろす。関心がないらしく、秋津は手鏡を眺めて髪を整えている。

警視庁庁舎、午後一時半。エレベーターを降りた時には行き交う人がいた廊下も、奥に進むにつれがらんとして、今はさくらたちだけだ。

業務管理課に到着し、ドアを開けてさくら、秋津の順で中に入った。壁の照明のスイッチを押そうとして、前方の気配に気づいた。

少し大きめの正丸の机と、普通サイズのさくらと秋津の机が向かい合う形で置かれている。そのさくらの机に、黒い人影がある。昨日の騒動が蘇《よみがえ》り、さくらは身を硬くして立ちすくんだ。だがよく見ると、突き当たりの窓から射《さ》し込むわずかな光が、人影の腰のあたりのなにかを照らし、きらりと光る。

「なんだ。元加治くんか」

ほっとするのと同時に脱力し、スイッチを押す。天井の蛍光灯が灯《とも》り、明るくなった。

「『なんだ』とは、なんだ。ずっと待ってたんだぞ。正丸さんの病院に行ったんだろ？

どうだった？」

眩《まぶ》しそうに目を細め、元加治はさくらの椅子《いす》から立ち上がった。三つ揃いのベストの前で、懐中時計のチェーンが揺れる。

さくらは自分の机に行き、元加治をどかせて箱と紙袋を下ろした。

「大丈夫。出血が多くて焦ったけど、傷は浅いって。でも治療のための検査で、血圧やらコレステロール値やらが軒並み赤信号と判明。お医者さんに叱《しか》られた上に、ダイエットを言い渡されたって。まあ、あれだけ食べてれば仕方がないわよねえ」

「お前が言うな。去年の健康診断で、『体脂肪率がホッキョクグマ並み』って説教されたくせに……秋津さん、一昨日は大変でしたね」

顔をしかめて言い放った元加治だったが、秋津に気づいて笑顔になる。制服の上に着ていたコートを脱ぎ、秋津は自分の席に着いた。

「ありがと。元加治くんこそ、大変だったでしょ。久米川からの連絡を受けて、野方さんのオンラインストレージを調べてくれたのよね」

「ええ。スマホのアイコンにあったものは捜査一課《うち》でチェック済みで、音楽とか大したものは入っていなかったんです。でも調べたら別の業者のも借りてるとわかり、中を改めたところ勤務先の銀行で何者かが架空口座をつくり、不正送金を行っていたことを証明するデータでした。で、その何者っていうのが」

「沼袋さんでしょ。それも私が推理したんじゃない。ついでに野方さんの殺害もね」

呆《あき》れて突っ込むと、元加治は横目でさくらを睨み、胸の前で腕を組んだ。

「うるせえな……銀行に確認してもらったら不正送金は事実で、沼袋も『お金は架空口座から別の口座に移し、エステや化粧品に使っていた』と認めた。だが殺害については、『私じゃない』の一点張りだ」

「野方さんは沼袋の犯行に気づき、証拠を確保して『自首しろ』と説得してたのよね。ところが沼袋は野方さんを殺そうと考え、『付きまとわれてる』とウソをついて入曽さんたちをモメさせた。そして事件当夜アパートを見張り、入曽さんが出て行くのを確認して野方さんを訪ね、『自首するから力になって』とかなんとか言って上がり込み、部屋にあった包丁でブス～ッ！　……思ってた方向と違うけど、やっぱり『敵に回したくないタイプ』だわ」

前髪の隙間からスマホを眺め、画面の上で猛スピードで指を動かしながら秋津が語る。頷き、元加治は続けた。

「いま改めて現場付近の聞き込みをしたり、防犯カメラを調べたりしています。野方さん殺害も、沼袋の仕業だという証拠を必ず見つけ出しますよ」

「見方を変えれば、正反対の顔。アームカバーのサンタそのものだわ。気の毒なのは入曽さん。『捕まったら犯人にされちゃう』って、逃げたんでしょ？」

紙袋から、アルミホイルやラップフィルムに包まれたローストチキン、つけ合わせのポテトサラダ、パスタなどを出して机に並べながら、さくらも言う。

「ああ。でも沼袋が、警察やマスコミに自分が犯人だと裏付けるようなことばかり話してると知り、『ハメられた』と悟った。同時に事件前、野方さんが頻繁にオンラインストレージにアクセスしてたこと、パスワードや暗証番号は手帖にメモする習慣があることも思い出し、『潔白を証明できるかも』と見学ツアーに紛れ込んで、警視庁に潜入したんだ。ところが証拠物件保管室に辿《たど》り着いたとたん、お前らに見つかるわ、探しても手帖は見つからないわ。俺が捜査のために持ち出してた、ってオチなんだけどな」

「やっぱり!?　一昨日の朝会った時ポケットが膨らんでたし、箱漁りをする入曽さんの足元には手帖やメモが落ちてたものね。でもわからないのが、『もう時間がない』

って言葉。ほぼ同じタイミングで私も変になったから、気になっちゃって」

「『変』なのはいつもだろ……入曽さんは三日前同僚のTwitterを見て、沼袋が休暇を取って東南アジアに行く、と知ったんだ。すぐ『高飛びする気だ』と気づいたが、沼袋の出発は翌日、つまり一昨日の夕方。だから『飛行機が飛び立つ午後五時までに、手帖を見つけなきゃ』と焦っていたそうだ。ギリギリで間に合って、飛行機の機内で身柄確保できたけどな」

「ふうん」

事情はわかったが求めていた答えは見つからず、さくらは口を尖《とが》らせた。ふっ、と秋津が笑った。見ると、指先で顔の周りの髪を梳《す》きながらこう言った。

「わからない？　久米川の体には、昼休みとか定時とかを察知するセンサーみたいなのがあるのよ。一昨日も午後五時が近づいて、『帰りたい』ってセンサーが作動した、ってだけの話」

「ああ！　そういうことか。さすが秋津さん。時計いらずの私もすごい！　だってそうでしょ？　あのそわそわがきっかけで入曽さんに注文書を見せて、真相に辿り着いたんだもん。あの指輪とイニシャルも、私の推理通りだったのよね？」

突っ込まれるのをさけるために捲《まく》し立て、隣に目をやる。案の定、不満げに口を歪《ゆが》めながらも元加治は頷いた。

「まあな。俺らも野方さんは、沼袋のイニシャルで指輪を注文した、と考えた。だが実は、イニシャルは野方さんと結婚後の入曽さんのもの、だったんだ。不正送金のデータを保存したオンラインストレージには、指輪に添える手紙の下書きも残されていた。クリスマスイブにプロポーズするつもりだったらしくて、『これから先も、ずっと二人で時間《とき》を積み上げていこう』とあった。胸が痛むよ」

最後は静かな声になり、目を伏せる。

やっぱり「とき」って読むんだ。そう思ったが、笑う気にはなれなかった。秋津の言葉通り、野方さんは「堅物で融通が利かない」人柄ゆえ、命を落とすことになったのだろう。しかし愛する女性に対しては、「堅実かつ誠実」だった。「抱えていたものを打ち明けてくれていれば」と、入曽さんは哀《かな》しむかも知れない。でも野方さんは最後まで「自分自身」を貫き通した。

成り行きで元加治の身代わりに謎解きを始めて以来、様々な事件に関わり、たくさんの悪意や憎しみ、負の感情の強さを知った。だからこそ、野方さんの強さと潔さの意味がわかる。できれば、自分もそんな風に生きたい。明日はわからないが、今はそう思う。

「昨日私が証拠物件保管室を出たあと、正丸さんが警備を呼んだんでしょう?」

しばらくの沈黙の後、さくらは訊ねた。自然と静かな声になる。元加治が頷いた。

「『この傷は事故。ちゃんと説明するし、真相は僕らが明らかにするから』と、入曽さんを説得してくれたらしい。いま聴取中で、庁舎への侵入は犯罪だが事情が事情だし、間もなく解放されるはずだ」

「じゃあ注文書の指輪を取りに行って、入曽さんに渡してあげて。悲しい結果になっちゃったけど、贈りたかった日に贈りたかったものが大好きな人に渡れば、野方さんも喜ぶと思う」

元加治の目を見上げ、一気に告げた。意外だったらしく、元加治は「おう」と返しながらもどぎまぎしている。するとその場に、管楽器と打楽器による荘厳でドラマチックなメロディーが流れた。元加治がジャケットのポケットから、スマホを出す。

「映画『2001年宇宙の旅』のテーマ曲。昨日の『スター・ウォーズ』といい、元加治くん、SF映画に凝ってるの?」

遠い目で解説してから、秋津が不思議そうに元加治を見る。メールが届いたのか、スマホの画面に目をやり、元加治は苦笑した。

「いえ。実は僕、年明けから内閣情報調査室の内閣衛星情報センターで働くんです」

「あら。通称・内調《ないちょう》、『日本のCIA』とも言われる機関に？　すごいじゃない。ヘッドハント？」

「じゃなくて、また研修。でも、なんかおかしいんですよ。配属は『新規に立ち上げる部署』ってだけで、なにをするのかは不明だし、ちょっと前から度々『セミナー』って名目で筑波《つくば》の訓練施設に連れて行かれて、無重力状態での歩行トレーニングとか、ロボットアームの操作講習とか、やらされてるんですよ」

「じゃあ、一昨日の朝のはやっぱり宇宙遊泳？　私って鋭くない？」

問いかけたさくらを無視し、元加治は身を乗り出し、すがるような眼差しを秋津に向けた。

「いや僕もまさか、とは思うんですよ。でもロケットに乗せられて、『気がつけば宇宙』とか、ないですよね？」

考え込むように黙った後、すっ、と目をそらし秋津は席を立った。

「ノーコメント……久米川。お茶淹《い》れるけど、飲む？」

身を翻し、ドア脇の棚の前に行く。ショックを受けた様子の元加治が追いかけようとした時、また「２００１年宇宙の旅」のテーマ曲が流れた。

「やべえ、行かないと……おいこら。またもや、全部お前の謎解きの身代わりをしたせいだからな。今度こそ、なんとかしやがれ」

スマホの画面とさくらを交互に見、顔を引きつらせてわめく。うんざりして、さくらは椅子を回転させて元加治に背を向けた。正丸家からもらった紙袋の中身を、机に出す作業を再開する。ありがたいことに、紙皿や割り箸、プラスチックのスプーンやシャンパングラスまで入れてくれている。しかしなぜか二人分で、赤いものと青いものが一セットずつある。

ひょっとしてこれ、私と元加治くんに？　閃《ひらめ》いたとたん、頭にイタズラっぽく笑う正丸の顔が浮かんだ。色白美肌、頬にはうっすら天然のチークが入っている。

「もう。こういうところ、本当に『男おばさん』なんだから」

呆れて呟いたつもりなのに、知らず口元が緩む。後ろで元加治が騒いだ。

「えっ、なんだって？　もう一度、ちゃんと俺の目を見て言え！」

くるりと振り向き、さくらは元加治の目を見た。

「わかったわよ。CIAでも宇宙でも、ついて行ってあげる。ただし、イニシャル『S・M』入りの指輪をくれたらね」

「はあ？　なんで俺が指輪を。そもそも、お前のイニシャルは『S・K』だろ。『S・M』じゃ、まるで」

意味を悟ったらしく、元加治は首を突き出した格好のまま固まった。ドア脇の棚の前で、ヒュー、と秋津が口笛を吹く。

「逆プロポーズ？　久米川、やるじゃない。大人の階段を一段上がったわね」

「その階段、秋津さんはいま何段目？」そう訊ねる代わりにぬふふ、と笑い、さくらは袋の中に手を入れ、紙皿や割り箸を出した。前に回り込んで来て、元加治がさくらの顔を覗いた。

「どどどどどういう意味だよ。前回みたいに食い物ネタでごまかそうったって、そうはいかねえぞ」

「とにかく、仕事をしてきて。待ってるから……ずっとここで」

妙に浮かれた気分になり、でも最後のひと言だけは目を伏せ、満面の笑みで答える。

きょとんとしてから、元加治は机に置かれたごちそうと、色違いでペアの食器に目を向けた。

「……お、おう。わかった。今夜こそ白黒つけるから、首を洗って、は変か。え〜と……手を洗って、腹も空《す》かして待ってろよ」

体を起こしてあさっての方を向き、落ち着きなく手を動かしながら返す。さくらが無言で、でも大きく頷くのを確認し、ばたばたとドアに向かった。

「あ、私の指輪のサイズ。十五号だから」

気づいて告げると、閉まりかけたドアの向こうから、

「太っ！」

という声と、遠ざかる足音が聞こえてきた。

「大きなお世話」

独り言のように返したさくらだったが、弾むような、それでいてちょっと恥ずかしい気持ちはさらに強くなる。

後ろで秋津が、ハミングを始めた。スローテンポな上に所々音はかすれてはいるが、毎年この時期に業務管理課でカラオケに行くと、秋津が正丸にタンバリンを叩かせて

熱唱する曲だ。確か松任谷由実《まつとうやゆみ》の「恋人がサンタクロース」。うろ覚えのめちゃくちゃなメロディーだが、さくらもハミングに加わった。そしていそいそと手を動かし、机にスプーンやシャンパングラスを並べていった。

本作品は、文芸WEBマガジン「ジェイ・ノベル プラス」で
二〇一五年七月一五日〜一一月一六日まで連載されたものです。

本作品はフィクションです。実在の人物・団体とはいっさい関係ありません。（編集部）

実業之日本社文庫 か62

桜田《さくらだ》門《もん》のさくらちゃん　警《けい》視《し》庁《ちょう》窓《まど》際《ぎわ》捜《そう》査《さ》班《はん》

2016年4月15日　初版第1刷発行

著　者　加《か》藤《とう》実《み》秋《あき》

発行者　増田義和
発行所　株式会社実業之日本社
〒104-8233　東京都中央区京橋 3-7-5 京橋スクエア
電話 [編集]03(3562)2051 [販売]03(3535)4441
ホームページ　http://www.j-n.co.jp/
DTP　株式会社ラッシュ
印刷所　大日本印刷株式会社
製本所　株式会社ブックアート

フォーマットデザイン　鈴木正道(Suzuki Design)

ISBN978-4-408-55285-9（文芸）